Stefan Wolf

Hundejäger töten leise

und

TOM

greifen ein

Pelikan

Gesamtleitung und Textredaktion: f-press
medien produktion gmbh, München, Egon Fein
Umschlag-Gestaltung und Text-Illustration:
Reiner Stolte, München
Graphische Gestaltung: Heinrich Gorissen, München
Gesamtherstellung: westermann druck, Braunschweig
Schrift: 10/12 Punkt Palatino
Printed in Germany

ISBN 3–8144–1101–3

Inhalt

LOCKE

hat diesen Spitznamen, weil sie *keine* Locken hat. Oder besser gesagt: nur ganz, ganz wenige, und das auch erst seit vier Jahren. Dabei war es ihr sehnlichster Wunsch als Kind gewesen, den Kopf voller Locken zu haben. Nina Rehm, wie Locke wirklich heißt, ist noch nicht ganz 15 Jahre alt, geht in die 9. Klasse des Gymnasiums und kurvt mit Vorliebe auf ihrem Mofa durch die Gegend. Wenn's das Wetter zuläßt, trägt sie dabei einen wagenradgroßen Strohhut. Weiterer Steckbrief: Groß, schlank mit langen Beinen, langes, kastanienbraunes Haar, nußbraune Haut, schmales Gesicht mit dunklen Augen und einem schön geschwungenen Mund. Locke ist ein „Temperamentsbolzen", sie hat mehr Unternehmungsgeist als zehn Jungens. Eine typische „Macherin", aber trotzdem durch und durch weiblich. Sie will immer und überall helfen – Menschen und Tieren. Locke lebt mit ihrem Vater Gunter und Bruder Mike zusammen. Ihre Mutter – eine Französin – wurde nach kurzer Ehe geschieden. Sie wohnt heute in Paris.

TOM
wird nur so genannt, weil er sich über seinen echten Namen grün und blau ärgert. Er heißt nämlich Engelbert, mit Nachnamen Conradi, nach einem Großvater von Mutters Seite so benannt. Aber Tom paßt nun mal besser zu einem athletisch gebauten, großen Jungen, der auch noch perfekt in Karate ist, der waffenlosen japanischen Kampfkunst. Er geht in die 10. Klasse desselben Gymnasiums wie Locke. Alle mögen den blonden Jungen. Und das nicht nur wegen seines offenen, sympathischen Gesichts, sondern weil er – genau wie Locke – ein echter hilfsbereiter Kumpel ist, immer zur Stelle, wenn's um eine gute Tat geht. Er drängt sich selbst nie vor, sondern läßt sich zumeist – und das nur zu gern – von Lockes Unternehmungsgeist mitreißen. Denn er und Locke – naja, die sind nun mal unzertrennlich. Noch ein unverwechselbares Kennzeichen hat der knapp 16-jährige: ein tiefblaues und ein grünes Auge. Tom lebt bei seiner Mutter Helga, einer Tierärztin. Seinen Vater hat er schon vor Jahren verloren.

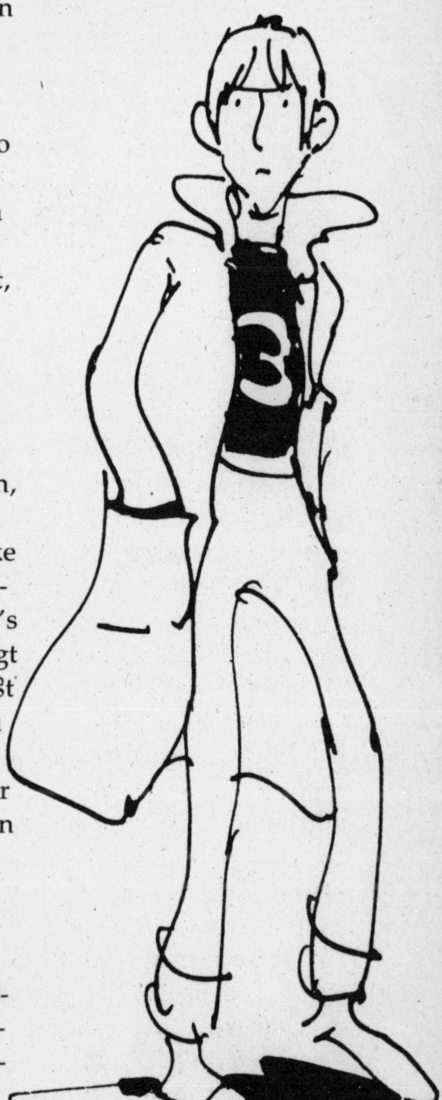

GUNTER REHM
ist Lockes Vater, 44 Jahre alt und Lokalredakteur bei der größten Tageszeitung seiner Heimatstadt, einer ansehnlichen Großstadt, im übrigen, mit Straßenbahn, vielen Buslinien, mehreren Autobahn-Zubringern und einem Bundesliga-Verein. Der großgewachsene, etwas hagere Journalist deckt mit Vorliebe Mißstände auf und gilt deshalb bei allen, die keine reine Weste haben, als unbequem. Er kennt das Geschehen in der Stadt ganz genau, weil er es täglich hautnah erlebt. Gunter Rehm hat ein prima Verhältnis zu seinen Kindern Locke und Mike, malt in seiner Freizeit gern Porträts und spielt Tennis wie ein Meister. Seine liebste Partnerin: Dr. Helga Conradi. Aber das nicht nur auf dem Tennisplatz. Madeleine, seine einstige Frau, Lockes und Mikes Mutter, ist nach kurzer Ehe in ihre Heimat Frankreich zurückgekehrt. Sie hatten ganz einfach zu jung geheiratet, ohne sich so richtig gekannt und zueinander gepaßt zu haben. Als sie dies einsahen, trennten sie sich, aber sie waren einander deshalb nicht gram. Madeleine, die eher ein unabhängiges Leben bevorzugte, überließ die Kinder ihrem Mann.

MIKE
könnte die Mädchen reihenweise um den Finger wikkeln, wenn er wollte, und tatsächlich hat der Sonnyboy auch mehr als eine Freundin. Er heißt Michael Rehm, ist 19, Lockes großer Bruder, und er geht in die Abiturklasse. Nebenher schreibt er als freier Mitarbeiter für die lokale Tageszeitung. Vater Gunter Rehm ist sein großes Vorbild. Hobby: Fußballspielen, und zwar als Libero beim FC Eintracht. Der gutaussehende, breitschultrige Frauentyp Mike hat die braunen Haare und grünen Augen seiner fast schon vergessenen französischen Mutter. Mit Charme und spitzbübischem Lächeln kann er jeden Gegner entwaffnen, aber auch durch mitunter erstaunliche Beharrlichkeit (manche behaupten freilich, Mike habe einen Dickschädel) zur Verzweiflung bringen. Mike ist alt genug, um zu verstehen, daß weder Vater noch Mutter am Scheitern ihrer ebenso kurzen wie unüberlegten Ehe schuld waren.

DR. HELGA CONRADI
ist Toms Mutter, von Beruf Tierärztin – bei ihren vierbeinigen Patienten und deren Frauchen beliebt, von den Herrchen bewundert und verehrt. Ist auch kein Wunder, denn Helga sieht mit ihren 42 Jahren höchstens wie eine Dreißigerin aus: Blaue Augen, lange goldblonde Haare, schmales, ebenmäßiges Gesicht. Wirklich eine sehr attraktive Frau, und dazu auch noch überaus sportlich, was ihre schlanke Figur bestätigt. Beim Tennis gewinnt sie ab und zu sogar gegen Gunter Rehm einen Satz. Ihr Mann ist an einem heimtückischen Leiden gestorben, als Helga noch keine 30 war. Tom kann sich kaum an seinen Vater erinnern. Der Dritte in ihrer Familie ist der treue Nicki, eine ebenso lustige wie wachsame Mischung aus Boxer und Wolfshund.

OMA

wird Elisabeth Rehm von allen genannt. Sie ist 72 Jahre alt, Gunter Rehms Mutter, und sie lebt allein in einem hübschen, verwinkelten Häuschen im Grünen, mit einem großen Garten und geradezu riesenhaften Sonnenblumen. Birkenrode heißt Omas Wohnort. Er liegt ein bißchen außerhalb der Stadt, aber nah genug, damit es für Locke und Tom zu häufigen Besuchen reicht. Und darauf freut Oma Rehm sich natürlich. Nicht nur, weil sie ihre Enkelin und deren Freund gern mag, sondern natürlich auch ein wenig deshalb, weil die beiden jungen Leute ihr stets helfend beistehen. Ihr Mann, ein Lehrer, ist vor zwei Jahren gestorben. Jetzt ist „Frau Holle" die Gesellschafterin der liebenswerten weißhaarigen Dame, eine ebenso betagte Katzenmutter, die Elisabeth Rehms alte Tage getreulich teilt.

Stefan Wolf

Locke und Tom greifen ein

Hundejäger töten leise
Terror durch den heißen Draht
Giftalarm am Rosenweg

1. Volle Pulle nach Pesseldorf

Fahrtwind kühlte ihr Gesicht und wagte sich auch in die Ärmel des T-Shirts. Mit einem roten Band hatte sie ihren Hut festgebunden. Er war groß wie ein Wagenrad und ganz aus Stroh. Was er an Schatten spendete, hätte für zwei gereicht. Aber so dicht ließ sie höchstens Tom an sich heran.

Ihr Mofaroller knatterte. Nina, genannt Locke, fuhr Höchstgeschwindigkeit. Satte 28 Std/km machte ihr Roller. Das heißt, seit Tom daran herumgefummelt hatte, holte sie sogar 29 Sachen aus dem 5o-ccm-Motorchen heraus. Eine heiße Angelegenheit, also.

Heiß war es auch jetzt um die Mittagszeit an diesem brütenden Sommertag. Locke hatte die Großstadt hinter sich gelassen und ratterte die Chaussee entlang nach Birkenrode. Ihre Oma wohnte dort. Sie war hinausgezogen aus der großen Stadt mit all ihrem Trubel, der Hektik, den vielen Menschen – fast eine Million waren es – der U-Bahn und dem Flughafen.

Langes, kastanienbraunes Haar flatterte unter der Hutkrempe. Nina war ein Prachtmädel, noch nicht ganz 15, groß, mit langen Beinen und etwas schlacksig. In dem schmalen Gesicht leuchteten dunkle Augen wie Herzkirschen. Ihr Mund war etwas breiter als üblich und schön geschwungen. Mit den Jungs, die unglücklich verliebt in sie waren, hätte man ein Kino füllen können.

Der Spitzname Locke würde ihr sicherlich ein Leben lang anheften. Und das kam so: Locken – ihr sehnlichster Wunsch – hatten sich erst vor vier Jahren eingestellt, und auch dann nur vereinzelt. Sehr vereinzelt! Bis dahin waren ihre Haare glatt gefallen wie die Zweige einer Trauerweide. Und das taten sie auch heute fast alle noch. Sehr zum Kummer der kleinen Nina, die Stunden vor dem Spiegel zugebracht hatte, um sich mit Spucke und Zeigefinger Locken zu drehen – erfolglos, natürlich. Aus dem Wunsch nach ge-

kringelten Haaren war ihr Spitzname entstanden. Jetzt gehörte er zu ihr wie ihre nußbraune Haut.

Chausseebäume flitzten vorbei. Sommerwind strich über Getreidefelder und wiegte die Ähren. Von einer Weide glotzten Kühe herüber. Lockes vordere Hutkrempe bog sich nach oben, und das sah ziemlich verwegen aus.

Sie hielt den Lenker mit beiden Händen und sah auf die Uhr. Ihr Freund Tom war sicherlich längst bei der Oma. Er hatte die letzte Schulstunde – Religion – geschwänzt und wollte schon vor dem Essen mit seinem Motorroller zu Oma Rehm fahren. Von frommen Sprüchen hielt er nicht viel, von tätiger Hilfe um so mehr. Und Oma brauchte Hilfe, denn ihre lauschige Laube hinten im Garten mußte dringend gestrichen werden.

Das gibt wieder ein Gerangel um die Farbe, dachte Nina, Tom will erdiges Braun, wie ich ihn kenne, Oma ist immer für Grün, aber ich werde durchsetzen, daß die Laube hellblau wird – freundlich wie ein wolkenloser Himmel. Außerdem sieht man dann gleich, wann Taubendreck weggeputzt werden muß.

Sie lächelte und drehte das Gas voll auf. Das würde zwar den Benzinverbrauch auf volle zwei Liter pro 100 Kilometer steigern, aber der Rausch der Geschwindigkeit kitzelte sie.

Noch rauschiger schien der Porschefahrer sich zu fühlen, der in diesem Moment laut hupend heranfegte.

Roter Lack glänzte. Statt zu überholen, blieb der Wagen neben Nina. Das rechte Fenster war geöffnet. Daniel „Danny“ Tschilke kroch fast hindurch, saß halb auf dem Beifahrersitz; und der Porsche bewegte sich in Schlangenlinien.

Dieser Kotztyp! Kam der wieder mit losen Sprüchen?

Locke sah geradeaus, als gäbe es den Verkehrsrowdy nicht.

„Hallo! Was für ein schöner Anblick! Die junge Fee auf ihrem Feuerstuhl. Und wieder bricht sie alle Geschwindigkeitsrekorde. Kleines Rennen gefällig?“

Dieser lausige Angeber! Ware gerade erst 19, machte die 12. Klasse zum zweiten Mal und schmiß mit Geld nur so um sich. Mit dem Geld seines Vaters, versteht sich. Der ihm, seinem verzogenen Geldsöhnchen, auch den Porsche gekauft hatte. Leisten konnte er sich das, der Georg Tschilke, hatte er doch Geld wie Heu. Freilich – wie er das verdiente, danach fragte man besser nicht, denn Tschilke war Tierhändler und sein Ruf miserabel.

„Sprichst wohl nicht mit mir, Kratzbürste?" erkundigte Danny sich durchs Fenster. „Da entgeht dir aber was. Habe mir nämlich gerade überlegt, ob ich dich mal in die Disco mitnehme."

„Mit einem Affen wie dir würde ich mich nicht mal auf dem Friedhof sehen lassen", rief Locke in den Fahrtwind. „Und nun zisch endlich ab mit deinem geschenkten Auto! Sonst erzähle ich Tom, wie du mich belästigst."

„Hah? Und was wäre dann?"

„Wenn Tom meine Ehre verteidigt, kannst du in deiner Disco als Frankenstein auftreten."

„Daß ich nicht lache! Das Jüngelchen hat ja noch Eierschalen hinter den Ohren."

Aber es klang nicht sehr überzeugt, wie er das sagte. Wußte doch jeder am Goethe-Gymnasium, wer Engelbert Conradi, kurz Tom genannt, war: ein 16jähriger, bärenstarker Typ. In seinem Karate-Club hieß er: Tom mit der eisernen Faust.

Dem ekligen Tschilke schien das jetzt einzufallen. Jedenfalls rutschte er wieder hinters Lenkrad, und die rote Rakete schoß in verbotswidrigem Tempo die Landstraße entlang.

Nicht zu fassen! dachte Locke. Gleich klebt er am Baum. Wenn nun ein Heuwagen käme! Danny, der Widerling! Rücksichtslosigkeit hält der für schick. Vielleicht ist er gedopt *(mit Drogen aufgeputscht)*. Ob das wohl stimmt, daß er hascht?

An der Schule munkelte man, er sei Dealer *(Rauschgifthändler)*. Zuzutrauen war ihm das. Aber auf Gerüchte gab

Locke nichts. Anschuldigungen von diesem Gewicht mußten bewiesen werden, sonst verbreiteten sich Vorurteil und Ungerechtigkeit wie eine Epidemie *(Krankheitswelle)*.

Der Porsche war nicht mehr zu sehen. Weit voraus kreuzte ein strammer Hase die Straße. Meister Lampe verschwand in einem Kohlfeld, und Locke gönnte ihm das. Überhaupt: Ginge es nach ihr, würden für alle Tiere – ausgenommen Spinnen und Mücken – paradiesische Zeiten anbrechen.

Ein Heizöl-Tankwagen kam ihr entgegen. Der Fahrer winkte. Locke schenkte ihm ein Lächeln, und der junge Mann hupte, als wäre er von der Tarantel gebissen.

Schlaglöcher rüttelten Locke durch. Sie verminderte das Tempo. Außerdem rückte die Abzweigung näher.

Wie an der Spitze eines Tortenstücks mündete die Straße am Wald. Dort gabelte sie sich. Links ging es nach Birkenrode und am Lurchensee vorbei, rechts in Richtung Pesseldorf, wo auch die Tschilkes – allerdings außerhalb – ihr Anwesen hatten: das Gelände eines ehemaligen Bauerngehöftes, hoch umzäunt, mit Hecken, Bretterzäunen und Schilfmatten als Sichtblenden. Weshalb wohl? Hat der nicht was zu verbergen, der sich so vor Beobachtung schützt?

Der Tschilke-Hof lag am Ende eines Zubringers. Unbefugte kamen deshalb nur selten vorbei. Dennoch wurde immer wieder erzählt, wie erbärmlich Hunde dort winselten und Kälber blökten. Gut behandelt wurden die Tiere bestimmt nicht, die durch Tschilkes Hände gingen.

Locke verdrängte den Gedanken und schüttelte gleichzeitig einen grünschillernden Käfer ab, der sich an ihrem Oberarm festgekrallt hatte.

Sie näherte sich der Abzweigung, sah in den Rückspiegel, minderte das Tempo und wollte schon abbiegen, als sie das Fahrzeug bemerkte. Es parkte auf dem kleinen Sandplatz, dicht am Waldrand und war eine Art Wohnmobil, rot und gelb lackiert und flaschengrün beschriftet.

GLORIA'S PUPPENTHEATER stand an der Seitenfläche.

Hinter dem Fenster hingen Spitzengardinen. Auf dem Dach saßen drei Sperlinge – was sicherlich Zufall war. Der Wagen schien abgeschlossen und niemand in der Nähe zu sein.

Ein Puppentheater! Daß es sowas noch gibt, dachte Locke.

Sie rollerte auf den Parkplatz. Die Spatzen flogen auf, tschilpten und überlegten sicherlich, ob sie sich auf Lockes Hut niederlassen sollten. Aber das wurde dann doch als unergiebig verworfen, denn was gab's da schon zu picken?

Locke reckte den Hals und blickte durchs Fenster. Drin war es wohnlich. Auf einem Tisch lagen Kasperlpuppen: der Kasper selbst, das Krokodil, ein Polizist und der Teufel.

Von Gloria, der Puppenspielerin, war nichts zu sehen. Locke dachte an ihre eigene Puppenbühne, mit der sie früher ihre Freundinnen unterhalten hatte. Bühne und Figuren verstaubten nun schon lange auf dem Speicher. Schade, eigentlich! Aber für Märchen dieser Art fühlte sie sich mit fast 15 Jahren wirklich zu alt.

Der Motor lief noch. Sie zurrte das Band fest, das den Hut hielt, und rollerte weiter. Aber nur bis zum Straßenrand. Denn dort kam die Frau.

Was ist denn mit der los? Locke war verblüfft. Himmel, sie weint. Und ihr Haar ist pitschnaß. War die im Lurchensee?

Die Frau lief, stolperte, verlor jetzt eine Sandale, schluchzte und streifte auch den zweiten Schuh ab, um schneller voranzukommen.

„Hast du den Kerl gesehen?" rief sie.

Locke stellte ihren Motor ab.

„Welchen Kerl?"

Außer Atem machte die Frau bei ihr halt.

Sie sah aus wie eine Zigeunerin, hatte aber hellblaue Augen, die jetzt von Tränen verschleiert waren. Das blauschwarze Haar klebte naß an den Schultern. Ihren roten Pulli hatte sie – tatsächlich! – verkehrt herum an. Der v-förmige Ausschnitt war hinten. Immerhin: Ihre Jeans saßen richtig.

Sie hatte ein freundliches Gesicht mit vollen Wangen.

„Ein junger Kerl!" keuchte sie. „Er hat meine Hunde gestohlen. Eben! Ich hörte dann, wie er abfuhr. Seinen Wagen konnte ich nicht sehen. Aber es klang nach was Schnellem. Ein Sportwagen vielleicht."

„Ihre Hunde gestohlen?" Lockes Stimme kickste – wie immer, wenn die Empörung zu groß war.

Die Frau nickte. „Ich war im Lurchensee. Habe gebadet. Es war ein plötzlicher Einfall. Eigentlich wollte ich nur meine Dackel spazieren führen. Topsi und Brummel. Sie sind noch kein Jahr alt und allerliebst. Sind Rauhhaardackel. Die Hitze, weißt du . . . Jedenfalls habe ich die beiden an einem Bäumchen festgebunden und bin rasch mal ins Wasser gehüpft. Ohne Badeanzug, weißt du. Aber es war ja niemand in der Nähe. Ich bin ein Stück rausgeschwommen. Topsi und Brummel hatten wohl Angst. Jedenfalls haben sie gekläfft. Als ich mich umsah, war dieser Kerl da. Er hat sie losgebunden und beide gepackt. Geschrien habe ich, er solle meine Hunde in Ruhe lassen. Aber das hat ihn nicht gestört. Der gemeine Kerl hat sie gestohlen."

„Wie sah er aus?"

Ein haarsträubender Verdacht begann vor Lockes innerem Auge deutliche Bilder zu formen.

„Jung. Höchstens zwanzig. Hellblonde Haare. Und ein auffälliges Hemd – blauschillernd, glaube ich."

„Lila!" nickte Locke. „Gestreift und mit Metallic-Effekt. Sowas trägt er nicht nur in der Disco, damit kommt er sogar in die Schule, dieser Mistkerl. Ich weiß, wer das ist! O weh!"

„Was . . . was . . . macht er mit meinen Hunden?"

„Wahrscheinlich will er sie verkaufen. Sein Vater ist nämlich Tierhändler. Aber das . . . Moment, ich muß nachdenken!"

Ihre Brauen schoben sich zusammen. Die Spitze des Zeigefingers berührte die Unterlippe. Und die Empörung in ihren Glutaugen wich wilder Entschlossenheit.

„Keine Sorge, Frau . . ."

„Ich bin Gloria Wanderschuh. Ja, so heiße ich tatsächlich."

„Sie kriegen Ihre Dackel zurück, Frau Wanderschuh! Die jagen wir ihm ab. Das heißt, Tom wird das machen. Kommen Sie! Und gebe der Himmel, daß das Telefon nicht kaputt ist!"

„Telefon?" fragte Gloria.

„Dort hinten bei der Bushaltestelle ist ein Fernsprechhäuschen."

Sie beeilten sich. Das heißt, Locke rollerte voraus. Im Rückspiegel sah sie, wie Gloria Wanderschuh in das Wohnmobil stieg. Also war sie die Puppenspielerin. Sicherlich schüttelte es den Kasper und Konsorten tüchtig durch,als das Wohnmobil auf jaulenden Reifen in die Kurve ging. Gloria holte auf und blieb dann hinter Locke, bis sie die – um diese Zeit verwaiste – Bushaltestelle erreichten. Dort war die Telefonzelle.

Locke sauste hinein. Der Apparat? Gott sei Dank in Ordnung! Zerstörer und Rowdys waren wohl lange nicht hier gewesen.

Sie stopfte Münzen in den Schlitz, wählte Omas Rufnummer, wartete klopfenden Herzens und sah, wie die Puppenspielerin aus ihrem Fahrzeug kletterte und den Motorroller, der umgekippt war, aufrichtete.

„Elisabeth Rehm", meldete die Oma sich – und ihre Stimme klang wieder, als werde sie gleich ein Märchen erzählen.

„Tag, Omi, ist Tom schon da?"

„Seit einer halben Stunde, Locke. Er mischt bereits die Farben und... Tag, mein Kind..."

„Bitte, gib ihn mir! Rasch! Es ist eilig, brandeilig, großfeuereilig!"

„O je! Wo brennt's denn? Gut, ich hole ihn."

Es dauerte nur wenige Augenblicke, dann erklang Toms Junioren-Baß. Den pflegte er mit Liebe, was darin gipfelte, daß er Halsschmerzen nie auskurierte, sondern Heiserkeit schick fand.

„Hier Lauben- und Freiluftmaler Conradi."

„Hallo Tom, hier Locke!" sprudelte sie hervor. „Ein Fall für uns liegt an. Leg sofort den Pinsel weg und . . ."

„Wenn du dir einbildest", unterbrach er, „daß die Laube hellblau wie ein tunesischer Fensterladen gestrichen wird, dann . . ."

„Ach was! Wer redet von der Laube! Ein starker Mann wird gebraucht. Nimm sofort deinen Roller! Und volle Pulle nach Pesseldorf! Zum Tschilke-Anwesen! Kennst du ja, nicht? Danny, der Mistbolzen, hat hier beim Lurchensee – von wo ich anrufe – einer lieben Frau die beiden Dackel geklaut. Rauhhaardackel, noch kein Jahr alt, heißen Topsi und Brummel! Der Diebstahl war eben erst. Wenn du Dampf machst, bist du dort, bevor Danny mit seinem Porsche . . ."

Klick machte es, und die Verbindung war unterbrochen.

Locke lächelte und legte auf.

Das war typisch für Tom. Wo Eile nottat, verlor er kein weiteres Wort. Keine Floskel *(inhaltsleere Redewendung)* entkam dann dem Geflecht seiner Zähne, kein ‚Tschüß!' oder ‚Bis gleich!' Wenn Eile nottat, pflegte Engelbert Conradi zu handeln.

Gloria hatte zugehört. „Dieser Tom ist dein Freund?"

Locke nickte. „Und auf den können Sie Wolkenkratzer bauen. Manchmal ist er etwas ruppig! Aber ich zähme ihn. Das erfordert Geduld. Aber wir sind ja noch jung. Ihre Beschreibung, Frau Wanderschuh, paßt auf Daniel Tschilke. Wenn der Ihre Dackel hat, hat er sie nicht mehr lange. Das garantiere ich Ihnen."

Gloria rang die Hände und kämpfte wieder gegen Tränen. „Ich habe keine Familie, weißt du. Hunde sind mein Lebensinhalt. Ich hatte immer Hunde. Aber noch nie so entzückende wie Topsi und Brummel.

„Kann ich verstehen. Bin nämlich auch ganz vernarrt in Tiere. So, und jetzt fahren wir zu meiner Oma und warten dort auf Tom."

2. Toms nasser Anzug

Der Hörer fiel auf die Gabel. Tom wirbelte auf dem Absatz seiner Tennisschuhe herum, sauste an Oma Rehm vorbei und wäre Frau Holle, der schnurrigen grauweißen Katze, fast auf den Schwanz getreten.

„Aber, Tom, was ist denn?"

Bestürzung malte sich auf Oma Rehms gütiges Gesicht. Sie war schon 72 und nicht mehr sehr gut zu Fuß. Das Tempo der Jugendlichen wirkte auf sie bisweilen beängstigend und nahm ihr den Atem. Andererseits – um nichts in der Welt hätte sie auf Lockes und Toms Besuche verzichtet. Sie liebte die beiden geradezu, und das wurde erwidert. Was machten da Aufregung und Wirbel und Frau Holles grämliche Miene! Zwischen den Besuchen war ja Zeit zur Erholung, und auch die Kätzin genoß dann ihre Ofenbankruhe.

„Muß eben mal nach Pesseldorf!" rief Tom.

„Aber doch nicht so!"

„Keine Zeit zum Umziehen."

Und draußen war er.

Sein Motorroller stand vor dem Gartentor.Es war ein anderes Fabrikat: stärker und damit schneller als Lockes Feuerstühlchen. Jener, den sie fuhr, war für 15jährige zugelassen. Also eine harmlose Ausführung. Tom, knapp 16jährig, fuhr einen ‚Hirsch' – wie er ihn nannte – , mit dem er sich erst nach dem nächsten Geburtstag in den Straßenverkehr hätte wagen dürfen. Die paar Monate . . . naja! Außerdem galt das für beide. Erwischt hatte sie noch keiner. Und schließlich: Jeder Tag, den sie älter wurden, brachte sie der gesetzlichen Vorschrift näher.

Mit einem Bocksprung war er im Sattel. Start! Und los!

Mit beachtlichem Tempo rollerte er an Oma Rehms langem Gartenzaun entlang.

Das hübsche Grundstück lag am Ortsrand von Birkenrode, im Grünen also, mit viel Wald im Hintergrund und nahen Wiesen. Das kleine Haus war verwinkelt. Neben dem Eingang stand eine Gartenbank. Am Zaun wuchsen Sonnenblumen, von denen die größte fast drei Meter hoch war. Der Garten war ein Paradies mit Obstbäumen und Beerensträuchern jeder Art. Die Laube im hinteren Teil versteckte sich hinter Fliederbüschen und Brombeerranken.

Dafür – freilich – hatte Tom keinen Blick.

Tschilke! dachte er grimmig. Als Hundedieb! Richtige Rolle für ihn. Braucht wohl Nachschub für seinen Alten? Und auf dem Rückweg von der Penne *(Schule)* im schicken Porsche eben mal Klemm und Klau! Aber was soll man von einem erwarten, der seine Kameraden mit Rauschgift versorgt?!

Birkenrode und Pesseldorf lagen dicht beieinander. Die direkte Verbindung führte durch Wald. Die Strecke war wesentlich kürzer als der Weg vom Lurchensee nach Pesseldorf. Dort schlängelte sich die Straße wie ein Regenwurm im Sambaschritt. Außerdem mußte Danny Tschilke durch den Ort fahren, um nach Hause zu kommen. Damit kam er Tom regelrecht entgegen. Denn die Straße von Birkenrode her berührte den Zubringer zum Tschilke-Anwesen, führte also auf kürzestem Wege dorthin.

Wer Tom sah, hätte ihn für einen Malerlehrling gehalten.

Er steckte in einem ehemals weißen Overall *(Arbeitsanzug)*, den er mit Vorliebe trug, wenn er zu Hause oder bei Oma Rehm Hand anlegte. In letzter Zeit waren Malerarbeiten angefallen.

Zu Hause hatte er die Garage gestrichen, dann den Gartenzaun und – weil noch Farbe übrig war – auch gleich den Kaninchenstall des Nachbarn.

Den Pinsel schwang er grundsätzlich sehr kraftvoll. Manchmal holte er dabei aus, als wollte er die Welt umarmen. Dementsprechend sah der Overall aus.

Tom war groß und athletisch gebaut. Er hätte in vielen Sportarten Spitzenleistungen erreichen können, verlegte sich aber ganz auf Karate, die japanische waffenlose Kampfkunst. Seit vier Jahren betrieb er das. Können und Kraft waren mittlerweile überragend. Dessen war er sich bewußt – auch der Gefährlichkeit seines Sports: der Gefährlichkeit für den Gegner. Nur in Lebensgefahr hätte er deshalb gewisse Faust- und Fußtechniken angewendet, die er so meisterlich beherrschte.

Er war blond. Die Natur hatte ihn mit einem sympathischen, offenen Gesicht ausgestattet und – einem unveränderlichen Kennzeichen, wie es unter Hunderttausenden noch nicht vorkommt: einem tiefblauen und einem grünen Auge. Tatsache! Freilich merkte das nur, wer dicht vor ihm stand – wie Locke, gelegentlich.

Übrigens sah er auf beiden Augen gleich gut, behauptete aber, das linke – blaue – wäre hauptsächlich zum Lesen, hingegen sich das grüne besser zur Fernsicht eigne.

Während er jetzt mit Höchstgeschwindigkeit durch den Wald rollerte, hielt er beide Augen offen, denn die Straße war eine Schlaglochpiste und der Roller keine Sänfte.

Niemand kam ihm entgegen. In den Bäumen zwitscherten Singvögel. Die jüngeren übten noch, die älteren sangen vor.

Die Straße verließ den Wald. Hundert Meter noch bis zur Abzweigung, dem Zubringer. Tom drehte auf. Jetzt sah er das Tschilke-Anwesen.

Es war umgeben von brachliegendem Feld, lag etwa 300 Meter von der Straße entfernt und trotzte der Umwelt mit den schon genannten Sichtblenden: Hecken und Bretterzäunen, alles mehr als mannshoch. Dächer von Ställen und Gebäuden ragten darüber hinaus. Das ehemalige Bauernhaus war zur Villa aufgeblüht – unter der Hand eines fachkundigen Architekten. Es stand etwas abgesondert und schirmte sich nicht ab gegen Blicke.

Auf der Zubringerstraße wehte eine Staubfahne. Vor ihr schimmerte grelles Signalrot. Der Porsche schleppte die Staubfahne. Sein Vorsprung betrug etwa eine halbe Minute.

„Nur ruhig, Topsi und Brummel!" murmelte Tom durch die Zähne. „Ich komme."

Halsbrecherisch legte er sich in die Kurve. Der Staub mülmte noch über der Straße. Tom kniff die Augen zusammen.

Als er vor dem Haus hielt,war der Porsche schon angekommen.

Danny Tschilke stand neben dem Wagen. Fenster und beide Türen waren geschlossen. Das mußte sein, denn Topsi und Brummel zeigten deutlich, daß es ihnen auf dem Rücksitz des Porsche nicht gefiel.

Sie hatten sich aufgestellt, drückten die Nasen an der Seitenscheibe platt, jaulten und winselten jämmerlich und kratzten mit vier Vorderpfoten am Rahmen.

Tom rollte noch zwei Meter, schaltete den Motor aus und stieg ab. Ohne Hast stellte er seinen ‚Hirsch' auf die Stütze.

Danny Tschilke lehnte eine Hand gegen den Wagen. Sein etwas schiefes Gesicht mit der breiten Nase verlor allmählich die Frische. Die Haut sah jetzt aus wie Zitronen-Joghurt, was auf eine Gemütsbewegung schließen ließ.

„Kein Mensch hat dich eingeladen, Conradi."

Tom lächelte. „Tag, Tschilke!"

„Deine Mieze, äh, deine Freundin, meine ich, spinnt, wenn sie meint, ich hätte sie belästigt. War ja nur Spaß – das mit der Disco-Einladung. Ich meine, das wird wohl noch erlaubt sein."

„So? Meinst du?" Tom lächelte. Aus einem blauen und einem grünen Auge starrte er Tschilke an.

Der blickte rasch zum Haus. Aber von dort kam keine Hilfe. Offenbar saßen Mama und Papa beim Essen, und das Goldsöhnchen war für einen Moment ganz auf sich gestellt.

„Das von der Belästigung weiß ich noch gar nicht", sagte Tom. „Das käme also hinzu."

„Wie? Was?" Tschilke wich bis zum vorderen Kotflügel zurück.

„Hübsche Hunde hast du da“, sagte Tom. „Übrigens: der eine heißt Topsi , der andere Brummel.“

Tschilke leckte sich über die Lippen.

Tom sah förmlich, wie es hinter seiner Stirn arbeitete. Sie war nicht sonderlich ausgeprägt und die Haut von Windpokkennarben gelöchert. Aber wer bemerkte das schon – wenn jemand ein lila Discohemd mit Metalleffekt trug?

Tschilke grinste schief. „Die Dackel? Ach, du meinst die Dackel? Stell dir vor, die habe ich eben gefunden. Irgend so ein Unmensch hat sie ausgesetzt, hat sie einfach im Wald angebunden. Beim Lurchensee. Eine Gemeinheit, nicht wahr! Aber ich habe mich erbarmt. Konnte es einfach nicht mit anhören, wie die armen Köter . . . äh . . . Hundchen kläfften. Ich werde sie nachher beim Tierheim abliefern.“

Gar nicht so dumm! dachte Tom. Mit der Ausrede hat er den Diebstahl schon abgestritten.

„Ausgesetzt?“ Tom hob eine Braue. „Noch nie wurde ein Hund mit seiner Steuermarke ausgesetzt. Denn wenn er die trägt, kann man den Besitzer feststellen – logisch, wie!“

„Steuermarke?“ Tschilke riß die Augen auf. „Sag bloß, die beiden haben . . .“ Er blickte staunend in den Wagen. „Mich laust der Affe! Himmel, in der Aufregung vorhin habe ich das gar nicht bemerkt. Die haben ja tatsächlich ihre Steuermarken am Halsband.“

„Schön deutlich sogar. Sozusagen unübersehbar, Tschilke. Zwei junge Dackel mit kostbarem Halsband, neuer Leine und Hundemarke sind irgendwo festgebunden. Und du erbarmst dich ihrer, du Schwein. Wolltest wohl deinem Vater einen Gefallen tun, du Hundedieb. Mich schickt die Eigentümerin. Ich werde ihr empfehlen, dich wegen Diebstahls anzuzeigen. Leider wird's nicht nachweisbar sein. Aber vielleicht achtet die Polizei dann ein bischen auf dich.“

„Was?“ brüllte Tschilke. „Einen Dieb nennst du mich? Verschwinde, du Hampelmann, bevor wir dich wegjagen.“

Dieser Heldenmut und das ‚wir‘ sprachen Bände.

Tom wandte den Kopf. Richtig! Es nahte Verstärkung für Danny Tschilke. Ein Mann kam durch das Holztor, das zu den umzäunten Ställen führte.

Er war vierschrötig und plump, seine Arbeitskleidung verdreckt. Häufiges Schnapstrinken hatte das rohe Gesicht aufgedunsen. In den wässerigen Augen stand kein Funke Mitleid. Wie der mit Tieren umging, konnte man sich vorstellen. Offenbar war er hier Knecht, oder Tierpfleger, oder Stallbursche – oder wie auch immer er seine Tätigkeit bezeichnen mochte.

„Edwin!" rief Danny. „Hier braucht einer 'ne Abreibung. Dieses Bürschchen beleidigt mich."

„Sag ihm auch, daß er dir deinen Schnuller oder deinen Teddybär bringen soll", sagte Tom. „Oder lutscht du lieber am Daumen, während Edwin mich verkloppt?"

„Du hast es gehört, Edwin", sagte Tschilke mit – jetzt – zornrotem Gesicht. „Dieser Angeber braucht eine Abreibung. Die braucht er wirklich! Hau ihm eine rein."

Edwin, der Brocken, walzte heran. Sein Gesicht blieb starr. Er hatte Narben um die Augen. Das rührte von Schlägen her. Er hatte schon viel eingesteckt in seinem Leben, aber bestimmt auch viel ausgeteilt. Ein dummer, brutaler Kerl, der vermutlich nur eins kannte, wenn er sich mit Menschen auseinandersetzte: rohe Gewalt.

„Wird besorgt, Herr Tschilke!" Seine Stimme fistelte. Wäre sie angenehmer gewesen, hätte er bei den Sängerknaben mitmachen können.

Mit rollenden Schultern näherte er sich Tom von der Seite.

„50 Mark, wenn er blutet", sagte Danny halblaut, aber voller Haß.

„Wird gemacht, Herr Tschilke."

Tom schüttelte den Kopf. „Du feiger Hund läßt diesen Dummkopf ins Messer laufen. Sag ihm wenigstens, daß ich Karateka bin und den ersten Kyu-Grad habe. Vielleicht ahnt er dann, was ihm blüht."

Aber Edwin verstand nur Bahnhof. Abgeschreckt hätte ihn vermutlich nur die Mündung einer geladenen Pistole. 50 Mark Prämie standen in Aussicht, und schließlich war das da nur ein Junge. Und dem sollte die Nase bluten, daß sein Maleranzug gleich wie ein Metzgerkittel aussah.

Edwin hob die Faust.

Tom wandte einen YOKO-GERI – KE-KOMI an, einen knallharten Fußstoß seitwärts – auf das untere Drittel des Gegners gerichtet.

Edwin wurde auf dem Schenkel getroffen, wie von einem auskeilenden Ackergaul. Die Wucht fegte ihn von den Füßen wie der Herbststurm das letzte Blatt von der Eiche.

Mit einem glockenhellen Schrei – aufgrund seiner Stimme – landete er vor Danny auf dem asphaltierten Boden. Dort blieb er sitzen und hielt sich den Schenkel.

„Die 50 Mark solltest du ihm trotzdem geben", sagte Tom. „Als Schmerzensgeld. Das Bein wird tagelang weh tun."

Er trat zum Porsche, öffnete den Schlag und faßte den ersten Dackel am Nackenfell. Der kleine Kerl kläffte. Tom öffnete den Reißverschluß seines Overalls bis zum Gürtel und schob den drolligen Welpen hinein: rechts vor die Rippen. Der andere Vierbeiner wurde links verstaut, dann der Reißverschluß etwas zugezogen.

Die beiden strampelten. Acht kleine Pfoten wühlten auf Toms T-Shirt herum. Sie winselten. Er fühlte ihre warmen Bäuche. Aber raus konnten sie nicht. An der Taille schnitt ihnen der eng geschnallte Gürtel den Fluchtweg ab, vorn der Reißverschluß.

Er schob seinen Roller von der Raststütze, saß auf und ratterte den Weg zurück, den er gekommen war. Die haßerfüllten Blicke, die ihn bis zur Straße verfolgten, störten ihn nicht.

Wer ihn unterwegs beobachtet hätte, wäre verwundert gewesen. Denn Tom lachte, daß er fast vom Roller fiel. Offenbar hatten es die Welpen darauf angelegt, ihn zu kitzeln. Sie krabbelten wie Wühlmäuse, zwickten ihn in die Rippen, kletterten bis unter die Achseln und schienen sich allmählich wohl zu fühlen, gaben aber deshalb keine Ruhe.

Kurz vor Birkenrode passierte es dann. Ob es Topsi oder Brummel war, wird nie geklärt werden, denn die beiden hatten sich vor seinem Magen aneinander gekuschelt – zu einem Klumpen junger Hunde.

Einer jedenfalls gab einem natürlichen Drang nach. Warm und feucht spielte sich das unter dem Overall ab.

Tom wußte nicht, ob er lachen oder schimpfen sollte – als er bepinkelt wurde. Er trug's mit Humor.

Ich hätte ahnen müssen, dachte er, daß ihr noch nicht stubenrein seid. Dann wärt ihr an der Leine gelaufen.

3. Roter Zucker in der Limo

Oma Rehm und Gloria Wanderschuh saßen auf der Gartenbank vor dem Haus. Der Sonnenschirm war aufgespannt. Frau Holle, die Kätzin, sonnte sich auf der Türschwelle.

Locke, immer noch mit Strohhut – aber jetzt ohne Sturmband – kam mit einem Tablett aus der Küche und machte einen großen Schritt über Frau Holle.

„Aber du sollst uns nicht bedienen. Das mache ich doch." Oma Rehm lächelte.

„Meine Beine sind jünger, Omi."

Locke stellte das Tablett auf der Bank ab, rückte den Gartentisch heran und servierte eisgekühlte Limonade.

Ihr Mofaroller stand draußen am Zaun, dahinter das Wohnmobil.

Inzwischen wußte Oma Rehm, was vorgefallen und weshalb Tom so überstürzt weggefahren war. Daß Tiere gestohlen wurden – einfach so, erschütterte sie. Sie wollte schon sagen, sowas hätte es zu ihrer Zeit – also früher – nicht gegeben. Aber dann fiel ihr ein, das stimmte ja gar nicht. Auch vor Jahrzehnten hatte man von Tierdiebstählen gehört. Allerdings nicht so häufig wie heutzutage.

Gloria hatte inzwischen ihren Pulli richtig angezogen. Ihr Haar war getrocknet, und das ganz ohne Föhn. Aber die Angst um ihre Hunde setzte ihr zu. Ihre Augen blieben rotgeweint. Sie blickte immer wieder zur Straße.

„Im Moment können wir nichts tun", sagte Locke. „Wir müssen warten, bis Tom zurückkommt. Wenn er nichts erreicht hat, verständigen wir die Polizei. Dann muß eben Tschilkes Tierhandlung durchsucht werden."

Gloria schluchzte. „Vielleicht war es gar nicht dieser Danny Tschilke. Vielleicht jemand anders, der ihm ähnelt. Solche Hemden gibt es doch oft. Ich muß an diese Hundejäger denken, von denen man jetzt so häufig in der Zeitung liest."

„Hundejäger?“ erkundigte die Oma sich. Sie las zwar häufig Zeitung, aber nie die Meldungen von Katastrophen, Krieg und Verbrechen. Die überging sie, weil es sie zu sehr bedrückte. Sonst las sie alles, was in der Zeitung stand. Trotzdem dauerte die Lektüre selten länger als eine halbe Stunde.

„Verbrecher sind das“, sagte Locke ergrimmt. Sie nahm den Hut ab, schüttelte ihr langes Haar und streckte die Beine aus. „Leider weiß man nicht, wer dahinter steckt. Fest steht nur: Täglich verschwindet in der Stadt mindestens ein Dutzend Tiere. Hunde und Katzen. Sie werden einfach gestohlen, geraubt, entführt.“

„Aber weshalb denn?“ fragte die Oma. „Wer ein Tier haben will, kann es doch kaufen. Oder aus dem Tierheim zu sich nehmen. Das muß nicht immer viel kosten.“

Locke setzte sich auf. In ihren schwarzen Augen schienen kleine Blitze zu zucken.

„Du hast doch sicher schon von Tierversuchen gehört, Omi. Versuche an lebenden Tieren, die dabei unglaubliche Qualen erdulden müssen. Für medizinische Zwecke wäre das manchmal noch gerechtfertigt, behaupten manche Wissenschaftler. Ich finde es grausam und scheußlich und menschenunwürdig, daß man unseren hilflosen Schöpfungskameraden sowas zufügt. Und der Gipfel der Grausamkeit ist ganz bestimmt, wenn man Tausende von Hunden, Katzen, Affen, Meerschweinchen und was weiß ich in endlosen Versuchsreihen opfert, um kosmetische Mittel zu erproben, Seifen oder Waschpulver. Das ist pervers (*widernatürlich*). Und den Verantwortlichen sollte man die Haut abziehen, damit sie mal spüren wie das ist.“

„Aber was hat das mit Topsi und Brummel zu tun?“ fragte die Oma.

„Diese Versuchsanstalten“, erklärte Locke, „haben großen Bedarf an Tieren. Woher nehmen und nicht stehlen? Nun, es gibt genug Diebe. Unbekannte, die jedes Tier stehlen, das sie erwischen können. Wo landen die armen Vierbeiner? Sie werden an diese Vivisektions(*Versuche an lebenden Tieren*)-Labors verkauft. Für die Hundejäger – so hat man sie in der Presse benannt – scheint das ein einträgliches Geschäft zu sein. Und Frau Wanderschuh befürchtet mit Recht, Topsi und Brummel gingen diesem Schicksal entgegen. Da fällt mir ein: Weiß man denn eigentlich, wem und wohin dieser Tschilke seine Tiere verkauft?"

„Das ist ja entsetzlich!" rief die Oma. Eine Klemme war aus ihrem Silberhaar gerutscht. Sie steckte sie fest. Dann beugte sie sich vor, um nach der Katze zu sehen. „Auf dich, Frau Holle, werde ich jetzt ganz besonders achten."

Gloria berührte Lockes Arm. „Du weißt aber gut Bescheid."

„Ich erfahre auch alles aus erster Hand. Von meinem Papi."

„Mein Sohn ist Redakteur bei der Tageszeitung", ergänzte Oma Rehm. „Er schreibt auch Bücher."

„Mein Papi", lächelte Locke, „ist verantwortlich für den Lokalteil. Bei einer so großen Stadt fällt da viel an. Neugierig, wie ich nun mal bin, löchere ich ihn, sobald er zu Hause ist. Und er erzählt mir wirklich fast alles. Dadurch bin ich immer auf dem Laufenden. Oft weiß ich schon von Sachen, die erst am nächsten Tag in der Zeitung stehen."

„Im *Tageblatt*?" fragte Gloria.

So hieß die größte und angesehenste Zeitung der Stadt.

Locke bestätigte das und fügte hinzu, ihr Papi hätte viele Talente. Er sei auch ein toller Porträtmaler.

Gloria hätte gern mehr gehört. Aber das Knattern eines Motorrollers brachte die drei auf die Beine.

„Das ist Tom", rief Locke. „Unverkennbar! Sein ‚Hirsch' hört sich immer an wie ein Rabe im Stimmbruch."

Noch nahmen Büsche die Sicht. Aber jetzt sahen sie ihn.

Locke erschrak. Tom lenkte beidhändig, hatte weder Korb, noch Rucksack noch ein anderes Behältnis bei sich, in dem er die Dackel hätte transportieren können. Also ein Fehlschlag!

„Jetzt ist es aus!“ flüsterte Gloria mit bebender Stimme. „Ich werde meine Hundchen nicht wiedersehen. O Gott!“

Tom hob eine Hand, winkte lässig, grinste und hielt neben Lockes Roller.

Als er abstieg, gab er einen jaulenden Schluchzer von sich.

Er? Nein!

Mal wieder typisch! dachte Locke. Er transportiert die Dackel in der Hosentasche. Aber er hat sie. Nur das ist wichtig.

„Hallo!“

Er kam durchs Gartentor. Seine Taille war angewachsen. Unter dem Overall, den er jetzt geöffnet hatte, randalierten (*Unfug treiben*) die beiden. Wie auf Kommando streckten sie die Köpfe heraus und dann je eine Pfote.

„Da sind sie ja!“ rief Gloria.

Sie lief Tom entgegen. Ehe er sich versah, küßte sie ihn rechts und links auf die Wange – obgleich sie ihn ja noch gar nicht kannte.

Mit eingefrorenem Lächeln ließ er es über sich ergehen. Dann reichte er ihr die Welpen, die jetzt wild leckend sein Gesicht waschen wollten.

„Sie glauben nicht, Tom, wie dankbar ich Ihnen bin“, schluchzte Gloria und preßte die Hundchen an sich.

Tom blieb breitbeinig stehen und sah an sich hinunter. Aus seinem Overall tropfte es.

„Du bist doch sonst so kaltblütig“, sagte Locke. „Aber diesmal hast du dich wohl vor Angst naß gemacht?“

„Klar!“

Locke lachte und schüttelte ihr knisterndes Haar. „Welcher war es denn, oder haben dich beide . . .?“

„Ich glaube, nur einer“, sagte Tom. „Trotzdem reichte es. Er hat es gebracht, ohne das Bein zu heben. Aber die Gewohnheit entsteht ja erst später.“

„O je!“ Gloria war entsetzt. „Topsi, Brummel – dankt man so seinem Retter?“

„Schnell ausziehen!“ befahl Oma Rehm lachend. „Der Overall kommt gleich in die Waschmaschine.“

Während Tom sich im Badezimmer säuberte und dann in seine Jeans schlüpfte, wurden Topsi und Brummel mit Frau Holle bekannt gemacht. Die Kätzin hatte zwar Respekt vor großen Hunden, aber nichts gegen Welpen einzuwenden.

Sie beschnüffelte sie, machte nur die Andeutung eines Katzenbuckels und streckte sich dann wieder auf der sonnigen Türschwelle aus. Die Dackel, von dem jüngsten Erlebnis kein bißchen beeindruckt, tollten im Garten herum.

Tom kam zurück.

„Ich habe dich noch nicht vorgestellt“, sagte Locke. „Frau Wanderschuh, dieser Jüngling mit verschiedenen Augen heißt Engelbert Conradi. Aber lieber läßt er sich mit Tom anreden, was auch besser paßt. Für den Engelbert kann er nichts. Damit hat man ihn in der Wiege gestraft, als er sich noch nicht wehren konnte. Den Namen verdankt er dem Andenken seines seligen Großvaters. Es war sicherlich ein sehr netter Großvater, aber über diese Art der Ahnenpflege kann man sich streiten. Jedenfalls – wer Tom mit Engelbert anspricht, muß mit einem Fudschijama (*Japanischer Vulkan*) rechnen.“

Die Oma und Gloria lachten.

„Womit?“ fragte Tom.

„Na ja, mit so einem Karate-Trick.“

„Der Fudschijama ist ein Berg. Mit Bergen hauen wir nicht um uns.“ Tom schüttelte den Kopf.

„Nun sei nicht so kleinlich. Schließlich bin ich des Japanischen nicht mächtig. Erzähl endlich!“

„Was?“

„Na, was wohl? Wie du Topsi und Brummel befreit hast.“

„Danny Tschilke hatte sie. Behauptet, er hätte geglaubt, sie wären ausgesetzt. Habe sie ihm weggenommen. Er hat einen miesen Typ – Stallknecht oder so – auf mich gehetzt. Mußte ihm einen Fudschija . . . Teufel! Du bringst mich schon ganz durcheinander. Jedenfalls mußte ich mich wehren.“

„Er erzählt immer so kurz“, sagte Locke zu Gloria. „Mit seinen Aufsätzen ist er in zehn Minuten fertig. Komischerweise steht das Wichtigste drin – aber ohne ein Wort zuviel. Naja, in Physik ist er gut.“

Tom nickte.
„Hast du Durst?“ fragte Locke.
Er nickte abermals.
„Dann hol dir ein Glas aus der Küche“, sagte sie lächelnd. „Die Limonade steht im Eisschrank.“
Tom senkte einen Mundwinkel, stand auf und ging ins Haus. Auf der Schwelle drehte er sich um.
„Für dich auch noch was?“
„Ja. Bring die Limo-Flasche mit.“
Als sie ihn in der Küche klappern hörten, sagte Oma Rehm: „Aber Locke! So kannst du doch mit deinem Freund nicht umspringen. Tom ist ein so lieber Kerl.“
„Nicht so laut!“ Locke kicherte. „Das muß er nicht hören. Er ist nämlich wirklich ein verläßlicher Typ. Im übrigen, Omi: Der wehrt sich schon, wenn's ihm zuviel wird.“
Mit komischer Verzweiflung sah Oma Rehm die Puppenspielerin an. „Also, die heutige Jugend! Naja, sie ist genauso wie wir damals waren. Nur etwas anders.“
Tom kam zurück. Seit er sich umgezogen hatte, trug er Jeans, die über den Knien abgeschnitten waren, und ein schwarzes T-Shirt, unter dem sich seine gut entwickelten Muskeln abhoben.
Er stellte Locke ein volles Glas hin. Dann schenkte er sich selbst aus der Flasche ein. Oma und Gloria wollten nichts mehr.
Locke trank einen Schluck, hielt inne, riß den Mund auf und noch mehr die Augen.
„ . . . das . . . um Himmels willen! . . . brennt ja wie Feuer.“
„Hab die Limonade etwas gesüßt“, sagte Tom.
„Gesüßt?“
„Mit dem roten Zucker aus der grünen Dose“, sagte er zu Oma Rehm.
„Aber das ist doch der extra scharfe Paprika, Tom.“
„Ach so.“ Er grinste.

Locke faltete die Hände wie im Gebet. „Ruhig bleiben, Nina Rehm!“ befahl sie sich. „Nicht die Nerven verlieren! Wer wird sich denn an einem Halbstarken vergreifen, der mit japanischen Bergen herumschlägt. Und den die Hundchen . . . hahah! Schade, daß nur einer mußte!“

„Seid ihr wirklich miteinander befreundet?“ fragte Gloria lachend.

„Er mit mir schon“, erwiderte Locke, „aber ich nicht mit ihm.“

Tom lächelte gutmütig.

„Vorhin ist uns der Gedanke gekommen“, Locke wurde ernst, „ob dieser Tschilke – der Vater, meine ich – vielleicht was mit den unbekannten Hundejägern zu tun hat. Ob der Tiere stehlen läßt, die er dann an Versuchsanstalten verkauft. Dazu würde Dannys Verhalten passen. Überhaupt – die Hundejäger! Heute abend werde ich meinen Papi ausquetschen! Ob das eine Bande ist? Oder einzelne Diebe? Ob die Polizei schon eine Spur hat? Ich finde, Tom, darum sollten wir uns kümmern. Hallo, Tom! Hörst du zu? Das ist ein Fall für uns.“

„Ja.“

„Was ja?“

„Ja, ich höre zu. Ja, es ist was für uns.“ Dann raffte Tom sich zu einem Gefühlsausbruch auf, den man nicht häufig an ihm erlebte. Klatschend schlug er die geballte Rechte auf den linken Handteller. „Lumpengesindel!“

Erschrocken richtete Frau Holle sich auf, sank dann aber wieder in weiche Entspannung zurück und setzte ihr Sonnenbad fort.

Tom deutete zu dem Wohnmobil.

„Ist das Ihr Wagen, Frau . . . Spazierstiefel, ja? Oder wie war der Name?“

„Wanderschuh. Gloria Wanderschuh.“

„Entschuldigung. Das sollte kein Witz sein. Aber ich habe mir nur das Bild eingeprägt, das Ihr Name vermittelt.“

„Aber das macht doch nichts, Engelbert."

„Peng!" lachte Locke. „Der Fudschijama hat gesessen."

Die Oma und Gloria schmunzelten. Dann wollten die beiden Jugendlichen wissen, wie das denn so sei – als Puppenspielerin.

„Also leben kann man vom Puppenspiel nicht", erzählte Gloria. „Dafür sind die Einnahmen zu gering. Aber ich bekomme Unterhalt von meinem geschiedenen Mann, bin damit wirtschaftlich unabhängig. Kinder habe ich leider nicht. Um nicht rumzusitzen und Däumchen zu drehen – nach meiner Scheidung –, wollte ich mir eine sinnvolle Aufgabe suchen, die auch richtig Spaß macht. So bin ich aufs Puppenspiel gekommen. Das war ja lange Zeit tot, weil es mit Film und Fernsehen nicht konkurrieren (*wetteifern*) konnte. Aber diese Medien (*Werbeträger wie Zeitungen, Zeitschriften, Rundfunk, Fernsehen*) sind für manche Kinder wohl doch zu perfekt – und damit zu seelenlos. Jedenfalls erlebt das

Puppenspiel zur Zeit eine regelrechte Renaissance (*Wiedergeburt*). Es wird zwar nur als Hobby betrieben – von Lehrern, Erziehern und Leuten wie mir. Aber neuerdings gibt es kaum ein Volksfest und kaum einen Christkindlmarkt ohne Puppentheater. Wir haben immer volle Bänke. Und ihr könnt euch nicht vorstellen, wie hingerissen die Kinder zuschauen."

„Finde ich toll!" meinte Locke. „Und was für Stücke spielen Sie?"

„Die erfinde ich selbst. Ich nähe auch die Kleider meiner Puppen. Die Köpfe macht mir ein Holzschnitzer."

„War das herrlich in meiner Jugend", schwärmte die Oma mit verzücktem Gesicht, „wenn wir ins Kasperltheater gehen durften. Ich erinnere mich, wie wir laut schreiend den Kasper warnten, wenn ihm Gefahr drohte – vom Krokodil oder von dem bösen Zauberer."

„So ist es auch heute noch", lächelte Gloria. „Die Kinder machen begeistert mit."

Dann lud sie die drei in ihr Wohnmobil ein. Sie zeigte ihre Puppen, die Bühne, die sich rasch aufbauen ließ, und die technischen Hilfsmittel wie Lautsprecheranlage, Schaltpult für Lichteffekte (*Effekt=Wirkung*) und den Seilzug, mit dem die Kulissen (*Schiebewand auf der Bühne*) bewegt wurden.

Locke stülpte sich das Krokodil über die linke Hand und erweckte es zu Leben und Bissigkeit. Jedenfalls wurde Tom von der gefährlichen Echse in die Nase gezwickt.

Für Gloria hieß es, Abschied zu nehmen. Sie wollte zu einem Volksfest auf dem Land und hatte noch einen weiten Weg vor sich. Locke und sie tauschten die Adressen aus. Man versprach, voneinander zu hören. Tom fing inzwischen die beiden Welpen ein, die in Omas Gemüsegarten Möhren ausbuddelten.

Als Gloria abfuhr, winkten Locke, Tom und Oma ihr nach, bis das Wohnmobil im Wald verschwand.

„Gelb und rot", sagte Locke, „ist für eine Puppenbühne

nicht schlecht. Für deine Laube, Omi, wäre das zu bunt. Da halte ich hellblau für geeignet."

„Aber sie war vorher grün", wandte Oma Rehm ein.

„Und wie schnell ist das verblichen."

„Braun ist die richtige Farbe für Holz", sagte Tom.

„Braun?" Locke verdrehte die Augen. „Wie langweilig! Ich schlage vor, wir streichen erstmal eine Wand hellblau an und sehen, wie es wirkt."

Oma Rehm hob die Achseln. „Vielleicht hast du recht. Aber haben wir überhaupt eine Wahl? Tom, du hast doch die Farbe besorgt."

Tom nickte. „Habe ich."

„Verschiedene Farben?"

„Nur eine."

Locke stemmte die Hände in die Hüften und schob ihm das Gesicht entgegen.

„Und welche, wenn ich bitten darf?"

Tom grinste. „Hellblau! Was sonst."

4. Streifschuß auf eine Katze

Das harte Gesicht war braungebrannt und wirkte wie mit Leder überzogen. An seinem grauen Bergsteigerhut steckten eine lange Feder und mindestens 20 Abzeichen. Der Hut war sein Stolz. Ansonsten trug er Lumpen: zerrissene Hosen, ausgelatschte Schuhe und einen für die Jahreszeit viel zu warmen Mantel mit Löchern an den Ellbogen.

Rudi Porczik schritt kräftig aus, und er hielt den Rücken gerade.

Im Gewühl der Innenstadt fiel der Penner, Tippelbruder – oder was auch immer er war – nicht auf.

Im Vorbeigehen schlug er mit der Faust an die Parkuhren. Dann verhielt sein Schritt, denn eben entstiegen ein feister Mann und eine rosig gemästete Dame einem Mercedes.

Der Dicke schwitzte und sein teurer, heller Sommeranzug zeigte Schweißflecke unter den Achseln.

Porczik trat auf ihn zu.

„Entschuldigung, mein Herr! Ich bin gerade aus der Haft entlassen und habe Hunger. Hätten Sie eine Kleinigkeit?"

„Gib ihm nichts", sagte die Frau. „Diese Leute sollen gefälligst arbeiten wie andere auch."

„Das ist leichter gesagt als getan", meinte Porczik. „Die guten Posten in den Chefetagen sind nämlich schon alle vergeben. Und die Hände möchte ich mir nicht schmutzig machen. Das verstehen Sie doch,Süße."

„Werd nicht frech!" sagte der Mann.

Porczik starrte ihn an. „Na, was ist nun? Fünf Mark wird es Ihnen doch wert sein, daß Sie ihr schönes Auto unbeschädigt wiedersehen?"

Der Dicke öffnete den Mund, besann sich, griff in die Tasche und fischte ein Zwei-Mark-Stück hervor.

„Besten Dank!" Porczik grinste, während er seine Brieftasche, die auch ein Münzfach enthielt, aus dem Mantel zog. „Kleinvieh macht auch Mist, nicht wahr?"

Er öffnete die Brieftasche. Das Banknotenbündel – Fünfziger und Hunderter – war mindestens zwei Zentimeter dick.

Dem Feisten quollen die Augen aus dem Kopf.

Porczik schob die Münze in ihr Fach. „Für Trinkgeld. Ich bin da nicht knickerig, wissen Sie. Schönen Tag noch! Auch für dich, Süße!“ wandte er sich an die Frau. Dann setzte er seinen Weg fort.

Eigentlich Zeitverschwendung, dachte er. Aber ich nehme jede Mark mit. Wo und wie auch immer ich sie kriegen kann. Dem Grundsatz bleibe ich treu.

Er bog in eine Seitenstraße ein, folgte einer schmalen Gasse zwischen düsteren Hauswänden, schritt über eine Brükke, die den Mühlbach überquerte, und näherte sich einer trostlosen Wohngegend, wo es keinen Strauch und keinen Baum gab. Die Häuser waren alt und rußig. Gastarbeiter wohnten hier. Aber auch Fred Lämmel hatte sich in einem Eckhaus eingemietet.

Porczik ging durch die Hofeinfahrt, suchte unter den zig, zig Namensschildern an der Haustür und klingelte.

„Ja?“ fragte eine Männerstimme durch die Gegensprechanlage.

„Ich bin's.“

„Hallo, Rudi! Ich drücke auf den Summer. Dritter Stock links, ja.“

Als Porczik dort ankam, hatte Lämmel die Wohnungstür geöffnet.

„Nanu, kein Gepäck?“

„Nicht mal 'ne Zahnbürste, Fred. Was ich brauche, kaufe ich mir. Geld habe ich noch genug.“

Sie hatten sich eine Zeitlang nicht gesehen, machten aber deshalb aus der Begrüßung keine Oper.

Lämmel führte seinen Kumpel in die Zwei-Zimmer-Wohnung, zeigte ihm Bad, Küche und ein mit alten Möbeln vollgepfropftes Zimmer.

„Das ist meins, Rudi, deine Bude ist nebenan."

Sie enthielt nur Tisch, Bett, Schrank und einen wackligen Stuhl. Aber Porczik grinste, als beziehe er die Fürsten-Suite (*Suite = Zimmerflucht*) im Grandhotel.

„Nicht schlecht. In mageren Zeiten sogar sehr gut. Was uns fehlt, Fred, sind die ständigen Einnahmen. Was Solides, Dauerhaftes. Mit den Banküberfällen wird's immer schwieriger."

Lämmel nickte. „Aber den Coup morgen machen wir. Den habe ich ausbaldowert. Da kann nichts schiefgehen. Danach . . . das wollte ich dir noch sagen . . . aber komm erstmal in die Küche! Erstmal ein Bier! Dann können wir reden."

Lämmel war kein Penner, sondern hatte Kellner gelernt. Zur Zeit war er arbeitslos. Was außer Porczik niemand wußte: Vier Banküberfälle in diesem Teil des Landes gingen auf sein Konto. Freilich war Porczik immer dabei gewesen: ordentlich gekleidet und maskiert, so daß niemand in dem zweiten Bankräuber einen Landstreicher vermutet hätte.

Daß er als Nichtseßhafter tippelte, war eine vorzügliche Tarnung. Seinesgleichen traute man Diebstähle zu, aber nicht schwere Verbrechen mit der Waffe in der Hand.

Sie gingen in die Küche.

Lämmel nahm zwei Bierflaschen aus dem Eisschrank und riß die Kronenkorken an der stahlgefaßten Tischkante ab.

Sie prosteten sich zu, tranken; und Lämmel wischte sich über den Mund.

Er war erheblich jünger als Porczik, hatte eine schlanke Figur und kleidete sich wie ein Dandy. Das schmale Gesicht war gut geschnitten. Nur die Augen standen etwas eng, was ihm einen füchsischen Ausdruck gab. Er hatte dunkle Haare und ein gepflegtes Oberlippenbärtchen.

„Nun?" Porczik sah ihn an. „Jetzt haben wir unser Bier. Worüber müssen wir reden?"

„Wahrscheinlich mache ich nur noch den einen Coup."

„Ach? Und weshalb? Sag nichts! Ich seh's dir an. Du hast

wieder ein Mädchen aufgerissen und denkst nur noch an sie."

„Ich träume von ihr." Lämmel grinste.

Porczik verdrehte die Augen. „Mann, o Mann! Und jetzt willst du dich ehrlich machen, wie? Wieder arbeiten."

„Warum nicht! Was wir machen, lohnt sich auf die Dauer doch nicht. Du sagst es selbst. Was erbeuten wir denn? Da mal 10 000, hier mal 8 000. Und das höchste waren 23 700. Nicht viel für zwei. Vor allem, wenn man dann lange davon leben muß. Und das Risiko ist riesig. Irgendwann geht was schief, und sie haben uns am Kragen."

Porczik trank aus seiner Flasche. „Du hast eben gesagt, den Coup morgen machen wir."

„Klar, den machen wir. Der ist sicher. Wird zwar nicht viel einbringen, aber immerhin . . . Danach treten wir kürzer."

„Na, schön! Ich gehe nicht unter. Als Fechtbruder (*Bettler*) mache ich immer meinen Schnitt. Und du?"

„Wenn alle Stricke reißen, kellnere ich wieder."

„Hm. Das Mädchen muß ja 'ne Wucht sein."

„Ich erwarte nicht, daß du das verstehst. Aber eine wie Verena finde ich nie wieder. Ihre Augen solltest du sehen. Märchenhaft! Als ich zum Angeln in Tirol war, vor zwei Wochen, habe ich sie kennengelernt. Sie stammt vom Land, aber seit gestern ist sie hier in der Stadt."

„Du hast sie also hergelotst?"

Lämmel schüttelte den Kopf. „Nein. Sie wollte schon immer hierher, hat eine Stellung gesucht und auch gefunden. Ich weiß nicht, wo sie arbeitet. Es hat wohl was mit Buchhaltung zu tun. Jedenfalls rief sie mich gestern an und sagte, sie sei da. Kannst dir vorstellen – am liebsten wäre ich gleich zu ihr hin. Wir sind zwar noch kein Paar, Rudi, aber ich werde alles dransetzen, daß mir diese Frau nicht entgeht. Deshalb höre ich auf mit den Banküberfällen. Verena hat für vieles Verständnis. Aber sie würde nie mit einem Bankräuber eine Liebschaft eingehen."

„Wann triffst du sie?“

„Morgen abend. Ich will erst unseren Coup abwickeln. Ihr habe ich erzählt, ich wäre momentan leider verhindert.“

„Hat sie 'ne Wohnung?“

„Ein Apartment. Daß sie zu mir zieht, hätte ich ihr ohnehin nicht angeboten. Diese Behausung ist nichts für sie.“

„Nicht gut genug, wie?“

„Genau.“

Porczik griff wieder zur Bierflasche. Er saß mit dem Rükken zum Fenster. Es war geöffnet. Die Aussicht ging auf einen Hinterhof. Und auf verwinkelte Dächer von Gebäuden, die etwas niedriger waren als das hohe Eckhaus.

Lämmel bog den Kopf zur Seite und sah an seinem Komplicen vorbei.

„Da ist sie wieder, das Mistvieh.“

„Was?“ Porczik drehte sich um. „Meinst du die Katze?“

„Ich kann diese Viecher nicht leiden.“

Lämmel griff hinter den Küchenschrank, wo ein Luftgewehr stand. Ohne die Katze aus den Augen zu lassen, lud er mit einem Bleigeschoß.

Die Mieze war weiß und braun gestromt, hatte einen buschigen Schwanz und stolzierte anmutig auf dem Dachfirst. Die Entfernung bis zu ihr betrug etwa 20 Meter.

Lämmel stützte die Ellbogen auf den Küchentisch und nahm das Luftgewehr an die Schulter. Porczik war zur Seite gerückt.

Lämmel zielte sorgfältig.

„Ich muß sie in den Kopf treffen“, murmelte er, „sonst wird's nichts. Haben sieben Leben, diese Viecher.“

„Waidmanns Heil!“ wünschte Porczik und sah erwartungsvoll zu.

Lämmel krümmte den Finger. Mit einem Platzlaut peitschte das Geschoß aus dem Lauf.

Die Katze sprang steil in die Höhe. Braune Haare wirbelten über ihr. Sie schien sich um sich selbst zu drehen, landete

Das nächste Mal erwisch ich sie!

aber sicher auf den Pfoten und sprang in langen Sätzen davon.

„Hast sie nur gestreift." Porczik lachte schadenfroh.

„Das nächste Mal erwische ich sie", versprach Lämmel. Und seine Augen glitzerten auf eine unangenehme Weise.

★

Ein fröhlicher, obschon arbeitsreicher Nachmittag lag hinter Locke und Tom. Sie hatten die Laube gestrichen – sie sah prächtig aus – und sogar noch Unkraut gejätet. Oma Rehm dankte überschwenglich und steckte beiden etwas Geld zu. Locke nahm es ohne Gewissensbisse an. Aber Tom genierte sich. Erst als es ihm fest in die Hand gedrückt wurde, wehrte er sich nicht länger.

Im braunen Licht des frühen Abends rollerten sie zur Stadt zurück. Am Markt trennten sich ihre Wege. Zum Abschied hielt Locke ihrem Freund die Wange hin, die er mit einem Bussi streifte, wobei er sich so weit herüberbiegen mußte, daß er fast vom Roller fiel.

„Du hast noch einen hellblauen Fleck auf der Nase", sagte er. „Jetzt weiß ich, warum die Farbe kaum gereicht hat."

„Wie? Willst du damit andeuten, ich wäre verschwenderisch mit dem Hellblau umgegangen? Wie sah denn dein noch nicht ganz getrockneter Overall aus, heh? Blau von oben bis unten."

Tom grinste. „Ich habe ja auch gearbeitet."

„Und was habe ich gemacht?"

„Ich erinnere mich nur an fachkundige Anweisungen. Hätte ich die befolgt, wäre die Laube jetzt zentimeterdick mit Farbe beklebt."

„Ist ja nicht meine Schuld, wenn du mich mißverstehst. So, dann bis morgen. Gute Nacht!"

„Gute Nacht, Locke!"

Sie rollerten in verschiedene Richtungen und winkten nochmal, bevor sie sich aus den Augen verloren.

Locke fuhr durch lauschige Straßen. Ihr Zuhause lag in einem netten Viertel, wo es alte Häuser und kleine Gärten gab, Kellerlokale und Cafés mit Stammgästen und besonderer Note. Künstler wohnten hier – und Studenten.

Ihr Vater war ja, streng genommen, auch eine Art Künstler. Er bestritt das zwar. Aber sie sah ihn gern so. Nicht wegen seiner Arbeit bei der Zeitung, sondern weil er nun schon elf Bücher veröffentlicht hatte. Zwar schrieb er keine Gedichte und auch keine Romane, sondern sehr sachlich über Zeitgeschichte und politische Themen. Aber ein bißchen was Künstlerisches war sicherlich doch dabei.

Die Rehms bewohnten ein kleines Haus in einer Seitenstraße. Der Vorgarten war nicht erwähnenswert. Aber hinter dem Haus breitete sich ein großes Stück Rasen aus. Fünf kleine Obstbäume wuchsen dort und in den Hecken zu beiden Seiten nisteten Vögel.

Locke öffnete die Garage und stellte ihren Roller ab. Von ihren Leuten war noch niemand zu Hause. Papas Wagen fehlte. Nur der Ölfleck auf dem Boden hatte sich etwas vergrößert. Die Ecke, wo ihr Bruder Mike – wie Michael Rehm von fast allen genannt wurde – sein Motorrad abstellte, enthielt nur staubige Luft.

Locke ging ins Haus. Hinter der Eingangstür hing eine Schiefertafel. Sie diente der Mitteilung. Denn es war durchaus üblich im Hause Rehm, daß Locke ihren Vater oder ihren Bruder nur frühmorgens oder spätabends sah. Zu beschäftigt war jeder der drei. Und eine Mutter gab es nicht.

Natürlich – weder Locke noch Mike waren vom Himmel gefallen. Ihre Mutter hieß Madeleine und war – damals – eine junge Französin gewesen. Aber zwei Jahre nach Ninas Geburt war Madeleine in ihre Heimat, nach Paris, zurückgegangen. Nicht im Bösen hatte sie sich von Gunter Rehm getrennt, sondern weil sie spürte, daß sie sich zur Mutter einfach nicht eignete. Es lag ihr nicht, sich selbstlos um ihre Kinder zu kümmern, und die Ehe mit dem vielbeschäftigten

Journalisten Gunter Rehm war ohnehin Hals über Kopf entstanden. In Paris war Madeleine zu ihrem unsteten Leben zurückgekehrt. Auf die Kinder hatte sie verzichtet. Weder Locke noch Mike hegten deshalb Groll gegen sie. Die beiden hatten längst verstanden, daß nicht jede Ehe ins Glück führte, und an Nestwärme hatte es ihnen niemals gefehlt.

Auf der Tafel stand: . . . *bin beim Fußball. rückkomme abends. Hunger!* . . .

Das hatte Mike geschrieben. Fußball war seine Leidenschaft. Und es grenzte ans Wunderbare, wie er seine vielen Freundinnen, die Vorbereitung fürs Abitur und das Kicken zeitlich unter einen Hut brachte. Sogar Locke bewunderte das, aber nur heimlich. Mike war vier Jahre älter als sie.

Sie nahm ihren Hut ab, schüttelte die Haare und sah in den Garderobenspiegel.

Den hellblauen Farbfleck auf der Nase suchte sie vergebens.

Hat er mich wiedermal reingelegt, dachte sie lächelnd. Dafür kriegt er morgen einen Fudschijama – oder sowas ähnliches.

Sie ging in ihr Zimmer, machte Licht und schloß die Vorhänge. Die Wände hatten geblümte Tapeten, von denen man freilich nicht viel sah. Poster waren fast nahtlos aneinandergereiht: überwiegend von Tieren und Landschaften. Pop-Stars und andere kurzlebige Idole fanden nur dann Lockes Gnade, wenn sie sich farblich in die Umgebung einfügten.

Auf der Tagesdecke ihrer Bettcouch saßen Puppen und Plüschtiere, ungefähr zwei Dutzend. Ansonsten herrschte heillose Unordnung. Das lag an der Fülle. Locke war ein Sammlertyp und konnte sich von nichts trennen. Zwei Schränke, zwei Regale, eine Kommode, zwei Körbe und andere Behältnisse konnten nicht fassen, was sich bei ihr – fast täglich – mehrte.

Ihr Zimmer quoll über von Büchern, selbstgenähter Garderobe, Ansteckern, Zuckerstückchen – papierverpackten, natürlich – und seltenen Münzen. Sie besaß sieben große Strohhüte mit farbigen Bändern und mindestens 100 verschiedene Bleistifte.

Vor einem der Fenster war ein kleiner Platz ausgespart. Dort lag eine Turnmatte. Auf ihr machte sie Yoga. Jeden Morgen mindestens eine Viertelstunde, und manchmal auch abends.

Locke stieg über mehrere Kästen und Schachteln zum Fußende der Bettcouch, wo auf einem Wandregal ein Käfig stand. Er enthielt eine Tretmühle und auch sonst alles, was eine kleine weiße Maus zu ihrer Lebensfreude braucht.

Locke machte: „Zzzz . . . eheheh . . . Mauauausiii!"

Die Maus hieß zwar Helena, wurde aber nur Mausi gerufen. Sie war zahm, kletterte an Stricken entlang, die Locke zwischen den Händen spannte, und turnte an ihrem Hutrand, wenn Locke im Garten spazieren ging.

Mausi kam hervor, reckte schnuppernd die rosige Nase, wurde aus dem Käfig genommen, krabbelte Lockes nackten Arm empor und setzte sich auf die Schulter.

Locke ging in die Küche und holte sich ein Glas Milch. Mausi erhielt nahrhafte Haferflocken und durfte dann ausgiebig an einem Schnürsenkel turnen, bis Locke befand, selbiges täte auch ihr gut. Zwar wollte sie nicht an einem Schnürsenkel hochklettern, sich aber mit Yoga-Übungen lockern.

Sie setzte Mausi in den Käfig zurück, zog ein rotes Trikot an, suchte im Radio einen Sender mit schmeichelnder Musik und streckte sich dann auf die Turnmatte.

Yoga-Übungen sind eine besondere Form von Gymnastik und schon Jahrtausende alt. Yoga stammt aus Indien. Während der Übung verharrt der Yogi in einer bestimmten Stellung, ohne sich zu rühren. Die Muskeln werden dabei enorm gestreckt und durchblutet. Yoga verhilft zu erstaunlicher Gelenkigkeit und ist auch sonst sehr gesund. Die Übungen:

Kopfstand und Kerze gehören dazu, auch Atemübungen. Bei manchen Stellungen wird der Körper in extremer (*maßloser*) Weise verdreht und gebogen. Dahinter steckt zwar ein ausgeklügelter Sinn. Aber auf den Betrachter wirkt es unter Umständen komisch.

Locke übte deshalb grundsätzlich ohne Publikum.

Sie war gerade in der Pflugstellung erstarrt, als Mikes Motorrad mit sattem Röhren in die Garage rollte. Sie hörte, wie ihr Bruder die Tür aufschloß. Er kam durch den Flur – mit ungleichem Schritt, humpelte also, was bedeutete, daß er beim Fußballtraining mal wieder eins in die Knochen gekriegt hatte.

Lockes Tür wurde geöffnet.

„Du sollst anklopfen, Herr Bruder!"

„Wußte ja nicht, daß du da bist", sagte Mike.

„Spinn nicht! Das Radio ist draußen zu hören."

„Was besagt denn das, wo du so oft das Ausschalten vergißt." Er lachte.

„Wieder verletzt?"

Sie lag auf dem Rücken, hatte die Füße hinter den Kopf gestreckt und sprach gegen ihren Nabel.

„Nur das übliche! Drei Tage am Krückstock – und ich springe wieder wie ein junger Dachs. Bei Oma alles in Ordnung?"

„Sie und Frau Holle sind gesund und munter. Ich erzähle nachher."

„Also war noch was?"

„Jaaah! Ich erzähle nachher."

„Machst du Abendessen?"

„In Gottes Namen, ja. Aber wir warten auf Papi."

„Klar. Er wird ja gleich hier sein. Ich werde schon mal . . ."

Das Klingeln des Telefons unterbrach ihn.

Der Apparat stand in der Diele. Mike humpelte hin und vergaß natürlich, die Tür zu schließen.

„Michael Rehm", meldete er sich. Dann: „Hallo, Susanne. Tag! Ja, bin eben zurück. Nein, Locke war auch nicht da. Tut mir leid, daß du so oft angerufen hast . . . Klar, gern! Freue mich! Halb neun? Gut, ich hole dich mit meiner Maschine ab. – Machen wir, Susi. – Ja, ich dich auch! So long!"

Er legte auf, und Locke kehrte aus der Pflugstellung in eine normale Lage zurück.

Ihr Yoga-Programm war beendet. Sie stand auf und zog ein buntes Kittelkleid an, während Mike in seinem Zimmer – im Obergeschoß – rumorte.

Locke ging in die Küche. Sie war geräumig und modern eingerichtet. Es gab eine Eßbar, an der sechs Personen Platz hatten. Auch Gäste – egal, ob von Gunter, Mike oder Locke – wurden hier abgefüttert.

Locke stellte den Elektroherd an, schob zwei Fertig-Pizzen in den Grill, nachdem sie zusätzlich Peperonis, Salami- und Käsescheiben draufgelegt hatte. Dann deckte sie drei Sets (*Serie gleicher Deckchen, die ein Tischtuch ersetzen*), stellte Gläser hin und zwei Flaschen Bier sowie für sich einen Fruchtsaft.

Wieder klingelte das Telefon. Locke nahm den Hörer ans Ohr.

„Nina Rehm."

„Hallo, Locke! Hier ist Claudia. Ist Mike da?"

„Augenblick, Claudia!" Sie wandte sich zur Treppe und hob die Stimme, als müßte sie eine Konzerthalle füllen. „Miiike! Für dich! Es ist Claudia."

Er kam die Treppe herunter, humpelnd. Aber der betretene Ausdruck auf seinem Gesicht hatte nichts mit dem lädierten (*beschädigten*) Knie zu tun. Offenbar war Claudia im Moment nicht erwünscht.

Locke gab ihm den Hörer, trat einen Schritt beiseite, verschränkte die Arme und sah ihren Bruder unverwandt an.

Mit einer Handbewegung versuchte er, sie wegzuscheuchen – vergebens natürlich. Dann säuselte er in den Hörer:

„Claudia, hallo! – Wie? – Tut mir leid, mein Schatz! Ich bin angeschlagen. Ja, kann kaum laufen! – Beim Training. Hm, hm. – Sowas kommt eben vor. Man muß Opfer bringen für seinen Sport. Sogar die eigene Gesundheit, jedenfalls ein bißchen davon. Tut mir sehr, sehr leid, mein Schatz, aber heute abend geht es wirklich nicht. Morgen bin ich sicher wieder fit. – Danke! Es wird schon wieder! Ja, Tschüß!"

Er legte auf. „Was gibt's denn zum Essen?"

„Mit Susanne gehst du aus. Und Claudia wird verschaukelt!"

„Schwesterlein! Das verstehst du erst, wenn du groß bist."

„Du fängst gleich einen Fudschijama ein, daß dir der Tritt von deinem Bolzer wie eine Liebkosung vorkommt."

„Einen was?"

„Lenk nicht ab! Du verhältst dich unfair. Sag Claudia gefälligst, daß du mit Susanne ausgehst. Und lüg nicht so feige."

„Du verstehst das wirklich nicht. Ich mag eben beide. Keiner will ich weh tun. Morgen werde ich mich Claudia widmen. Mit der ganzen Kraft meiner Seele."

„Ein Glück, daß Tom nicht so ist. Ich würde ihn umbringen."

Mike beugte sich vor. Lächelnd küßte er sie auf die Stirn. „Tom weiß, was er an dir hat, Schwesterchen. Er müßte wahnsinnig sein, wenn er deinen Unmut hervorruft. Wer sich deiner Gunst erfreut, der kennt keine Claudia und keine Susanne."

Das ging ihr zwar runter wie Öl. Aber bestechlich wurde sie deshalb noch lange nicht.

„Wenn du nicht mein Bruder wärst", zischte sie, „würde ich dich verpetzen. Aber bilde dir nicht ein, daß du nur auf Grund der Verwandtschaft für alle Zeiten geschont wirst. Mir tut Claudia leid."

„Mir ja auch, Schwesterchen. Deshalb – wie gesagt – werde ich ihr morgen einen herrlichen Abend bereiten. Hast du das Bier kalt gestellt?"

Locke lächelte. Dann sagte sie ein sehr unfeines Wort. Aber Mike wußte, wie das gemeint war. Denn wo gab es das sonst, daß sich ein 19jähriger mit seiner fast 15jährigen Schwester so gut verstand?!

Für die vielen Freundinnen konnte Mike eigentlich nichts. Es geschah ohne sein Zutun. Jedenfalls brauchte er sich wegen eines Mädchens kein Bein auszureißen, sondern nur mit dem Finger zu winken. Er sah sehr gut aus, war hochgewachsen, schlank und breitschulterig, hatte braunes Haar und die grünen Augen jener fast schon vergessenen Französin, seiner Mutter. Er war intelligent und charmant. Ein Lächeln konnte Gegner entwaffnen. Aber er stritt auch sehr gern.

Selbst als er jetzt die Treppe hinaufhumpelte, sah er elegant aus.

Locke sah nach den Pizzen. Der Käse war zerlaufen. Wenn ihr Vater nicht bald kam, würde das Essen recht knusperig werden, zu knusperig vielleicht. Aber dann hörte sie, wie sein Saab, der schwedische Asphalt-Flitzer mit dem extra starken Motor, in die Garage rollte.

Gunter Rehm kehrte nach einem arbeitsreichen Tag zu seinen Kindern zurück.

5. Mensch und Tier

Zwei Pizzen durch drei zu teilen, ist fast so schwer wie die Quadratur des Kreises *(unlösbares mathematisches Problem)*. Gerecht kann es dabei nicht zugehen. Bei den Rehms war es trotzdem machbar. Weil Locke sich mit wenig begnügte. Ihr Teller sah immer aus, als hätte der Zwergjüngste seinen Hungertag. Mike hatte schon des öfteren gemutmaßt, sie besäße wohl gar keinen Magen, allenfalls ein Verdauungsorgan für Milch, denn die trank sie – zu jeder Jahreszeit, morges wie abends – in erstaunlichen Mengen. Außerdem mochte sie Honig und Obst.

„War mal wieder hervorragend."

Gunter Rehm legte das Besteck auf seinen Teller.

„Brauchst das gar nicht so zu sagen, Papi." Locke setzte ihr Glas ab. „Ich bin nun mal keine Hausfrau und werde nie eine werden. Kochen interessiert mich nicht. Wozu gibt es Fertiggerichte. Wäre ja hirnverbrannt, in der Küche kostbare Zeit zu vergeuden."

„Ich akzeptiere *(einverstanden sein)* deine Einstellung, wie du weißt", Gunter Rehm lächelte. „Aber so denken nicht alle. Es gibt immer noch Frauen, die sehr gern kochen. Und das ist auch sehr schön."

„Mich würde es einengen. Ich habe andere Dinge zu tun. Wichtigeres. Deshalb gibt's bei uns Fertiggerichte, oder ihr könnt gleich im Restaurant essen."

„Schon gut, schon gut. Wir sind ja begeistert, wie du uns verwöhnst."

„Ironie weise ich zurück."

Mike lachte. „Man sollte Tom warnen, Vater. Er kennt nur ihr Sonntagsgesicht. Vielleicht hält er sie für eine perfekte Köchin, weil wir beide nur geringfügig unterernährt sind."

Locke kicherte. „Unterernährt? Wenn du dich so fühlst, Bruderherz, liegt das nur an deinem Lebenswandel. Da würde ich aber ganz still sein. Immerhin könntest du ja versuchen, ob dich Susanne, Claudia, Stefanie, Julia, Sabrina, Melanie, Nadine, Kathrin, Nicole und Andrea mit zusätzlicher Kost versorgen. Wenn dich alle bekochen, siehst du bald aus wie Falstaff *(dicker Schlemmer – Figur aus Shakespeare-Drama).*"

Mike lächelte gutmütig und meinte, mit soviel Freundinnen wäre er – leider – nun doch nicht ausgestattet.

Gunter Rehm trank sein Bier aus. Dann wandte er sich Locke zu. „Du sagst, du hättest Wichtigeres zu tun?"

„Habe ich."

„Ja, sie wollte noch was erzählen", nickte Mike. „Draußen bei der Oma ist was schiefgelaufen."

„Nicht bei der Oma ", stellte Locke richtig. „Vielmehr auf dem Weg dorthin. Nämlich..."

Sie erzählte, was sich abgespielt hatte – zwischen Danny Tschilke und Gloria Wanderschuh wegen der Dackel Topsi und Brummel.

Vater und Bruder hörten mit ernsten Mienen zu.

„Das hat Tom wiedermal hervorragend gemacht", lobte Gunter Rehm dann. „Aber sein Einsatz war natürlich nur möglich, weil du schnell geschaltet hast, Locke. Euer Handeln zeichnet euch aus. Ich fürchte, die beiden Hundchen wären in einem Laboratorium für Tierversuche gelandet."

Locke preßte die Hände auf die Kante der Eßtheke. „Papi, du hast doch darüber geschrieben. Über Tierversuche, meine ich."

Er nickte. Nachdenklich sah er sein Töchterchen an, als erwäge er, was und wieviel er ihr über dieses emotionsgeladene *(Emotion = Gefühlserregung)* Thema sagen dürfe.

Gunter Rehm war 44, hochgewachsen und etwas hager. Dem kräftigen Gesicht sah man an, daß ihm die Neugier buchstäblich auf alles in der Welt keine Ruhe ließ. Deshalb war er Journalist geworden. Deshalb setzte er sich mit allem auseinander. Deshalb deckte er Mißstände auf und galt bei denen, die dafür verantwortlich waren, als unbequem. Er war immer unterwegs, eigentlich immer im Dienst, ohne ruhelos zu wirken. Um sich zu entspannen, malte er – am liebsten Porträts *(Bildnis vom Menschen)*. Außerdem war er ein hervorragender Tennisspieler. „Bitte, Papi!" drängte sie. „Ich weiß einiges, aber noch zu wenig. Und wissen will ich es! Alles!"

„Also gut! Tierversuche sind, wie du weißt, Versuche an lebenden Tieren. Wissenschaftliche Versuche! Angeblich zum Wohle der Menschheit. An Tieren wird erprobt, ob uns ein neues Mittel guttut. Tatsache ist, daß man dank dieser Experimente *(Versuche)* immerhin eine Reihe von Krankheiten in den Griff bekam. Das heißt, man fand aufgrund der Versuche Mittel gegen diese Krankheiten. Es sind: Tuberkulose *(Schwindsucht)*, Kinderlähmung, Geschlechtskrankheiten, Bluthochdruck, Diabetes *(Zuckerkrankheit)* und alle Arten von Transplantationen *(Organverpflanzungen)*. Das führen die Befürworter der Tierversuche an. Auch, daß weiterhin Tierversuche notwendig seien, um – beispielsweise – Mittel gegen die Krebskrankheit zu finden. Soweit die eine Seite der Medaille."

Gunter Rehm stand auf. „In meinem Arbeitszimmer habe ich Unterlagen."

Zu dritt gingen sie ins Dachgeschoß hinauf, wo er sich eine Art Studio ausgebaut hatte: einen weitläufigen Raum, der die ganze Grundfläche des Gebäudes überdeckte. Eine Staffelei mit einem halbfertigen Porträt von Helga Conradi, Toms Mutter, stand unter einem breiten Atelierfenster. Unter der hohen Decke spannten sich dunkle Holzbalken von Wand zu Wand. Außer Bett, Schreibtisch und Kleiderschrank enthielt der Raum etwa 10.000 Bücher.

Locke sank im Schneidersitz auf ein Schaffell. Mike bevorzugte einen orientalisch aussehenden Hocker und streckte das lädierte Bein aus.

„Da habe ich's." Gunter nahm eine Mappe aus einem der Regale und setzte sich an den Schreibtisch. „Die andere Seite der Medaille sieht leider sehr traurig aus." Er beugte sich über einen Pressebericht. „In Deutschland werden – nach Expertenschätzung *(Experte=Sachverständiger)* – jährlich zehn bis 14 Millionen Tierversuche unternommen. Leider ist das bei uns eine Dunkelziffer, also ungenau, eben geschätzt. In England liegen amtliche Zahlen vor. Das hört sich so an: 5,2 Millionen Versuche an lebenden Tieren. 4,2 Millionen davon ohne Narkose. 450.000 Experimente wurden als besonders schmerzhaft eingeordnet. 34.000 Tiere wurden mit Elektroschocks und ähnlichen Methoden zur Herbeiführung von Streß *(gesundheitsschädigende Anspannung)* und Furcht behandelt. 14.000 Kaninchen wurde Gift in die Augen gespritzt. Damit wollte man die Wirkung von Kosmetika *(Mittel zur Schönheitspflege)*, Insektenvertilgungsmitteln und Waschpulver testen. Gehirnoperationen und Eingriffe ins zentrale Nervensystem mußten 12.000 Mäuse, Ratten, Katzen und Hunde über sich ergehen lassen. Meerschweinchen mußten chemische Abgase einatmen, Kaninchen mußten Verbrennungen und Verbrühungen ertragen – weil man die Einwirkung der Sonne vortäuschen wollte. Seit bekannt ist, daß Hunde – in Labors festgeschnallt, gefesselt, den Kopf in eine eiserne Zwinge gepreßt – sich als Kettenraucher buchstäblich zu Tode rauchten, mußte diese Art von Versuchen eingestellt werden. Wegen Protesten aus der Öffentlichkeit. Aber die Rauchertests werden weitergeführt – jetzt mit Affen, Ratten, Mäusen und Meerschweinchen. Auch bei der Erprobung von Zahnpasta, Nagellack, Deos, Puder, Cremes, Make up, Spray, Haarlack, Ofenreinigungsmittel und anderem leiden die Tiere unsäglich. Die Erlösung von dieser Qual – der Tod – tritt oft erst nach drei Wochen ein."

Locke hatte Tränen in den Augen. „Papi, um Gottes Willen! Warum wird das gemacht?"

Ihr Vater griff nach einem anderen Papier. „Der Gesetzgeber verlangt Tierversuche in der Kosmetik, um dem Verbraucher eine ‚trügerische Sicherheit' und den Herstellern ein beruhigendes Alibi *(Nachweis der Nichtschuld)* zu geben. Das aber sei ein Trugschluß, heißt es, denn jeder Verbraucher testet seine Kosmetikartikel selbst, was die einzig gültige Erprobungsart ist, um festzustellen, ob er – der Verbraucher – auf gewisse Produkte krankhaft reagiert. Deshalb seien die Versuche – der Hersteller – wissenschaftlich nicht fundiert *(gut begründet)*, heißt es weiter, sondern sie dienen nur der Aufwertung eines Produktes."

Rehm hob den Kopf. „Also, nur zu Reklamezwecken." Er nahm einen anderen Zeitungsartikel. „Der Vermerk auf vielen Kosmetik-Produkten ‚dermatologisch *(in Bezug auf Hautkrankheiten)* getestet' bedeutet etwa folgendes: Prüfung der Berührungsempfindlichkeit an der Meerschweinchenhaut, Augenreiztest an Kaninchen, Test auf unmittelbare Giftigkeit bei Einnahme durch den Mund der Ratte. Der Einnahmetest ist der sogenannte LD 50–Test. Dabei müssen die Tiere das fertige Produkt in solchen Mengen fressen, daß die Hälfte daran stirbt. Das wissenschaftliche Ergebnis dieser grausamen Versuche ist oft nur eine lächerliche Erkenntnis. Zum Beispiel die, daß man weiß: Ein Mensch könnte eine ganze Tube Make up verspeisen, ohne daran zu sterben."

„Es ist unfaßlich", sagte Mike erschüttert, „was Menschen ihren Schöpfungskameraden, den Tieren, antun."

Locke konnte für einen Moment gar nicht reden. Sie zitterte vor Empörung.

An seinen Sohn gewandt, sagte Rehm: „Nur wenige Menschen verzichten auf Fleisch, Leder, Kosmetika, Waschmittel, Medikamente und so weiter, auf Dinge also, für die Tiere nach einem Leidensweg vorzeitig sterben müssen. Mancher kennt die Hintergründe nicht, ist also ahnungslos. Andere sind gleichgültig. Immerhin gilt bei uns der Mord, den wir Jagd nennen, als edles Weidwerk. Angeln ist schick, aber ich möchte kein Fisch sein. Den blutigen Stierkampf lehnen schon viele Menschen ab. Aber dieselben Leute jubeln oft dem Springreiter zu, der sein Pferd zu Sprüngen zwingt, zu denen es nur in einem Zustand der äußersten Panik fähig ist. Und mit welchem Behagen verspeisen wir Fleisch! Wenn du einmal bei den Massenschlachtungen dabei warst, Mike, wenn du die vollautomatischen Anlagen gesehen hast – dann, Mike, ist der Schritt zum Vegetarier *(wer sich fleischlos ernährt)* nicht weit. Es stimmt: Der Mensch tut den Tieren Böses an. Manchmal freilich ist es notwendig. Zum Beispiel, wenn es um unsere Ernährung geht. In diesem Punkt dürfen wir nicht vergessen, daß auch die Tiere untereinander nicht wählerisch sind, wenn sie überleben wollen. Aber schließlich stehen wir ja auf einer höheren Entwicklungsstufe. Oft geschieht Tierquälerei auch aus Gedankenlosigkeit. Wenn es aus Bösartigkeit geschieht und nicht notwendig ist – dann muß man einschreiten."

„Das werde ich tun!" Lockes Stimme kickste.

Rehm nickte. „Jedes zivilisierte Land hat heutzutage ein Gesetz, das Versuche an Tieren staatlicher Aufsicht unterstellt. Und das Experimente, bei denen Schmerzen hervorgerufen werden, verbietet oder nur in dringenden Ausnahmefällen gestattet. Was diese Ausnahmefälle betrifft, soll bei uns das Tierschutzgesetz geändert werden. Ab kommenden Jahres sollen Hunde und Katzen, die für Tierversuche verwendet werden, nur noch aus kontrollierten Spezialzuchten stammen. Die Zahl der Versuche soll erheblich eingeschränkt werden. Außerdem sollen die Tiere ständig unter staatlicher Aufsicht stehen. Damit wird gewährleistet, daß sie bei den Versuchen nicht leiden müssen. Sie brauchten auch jetzt nicht zu leiden, wenn sich die mit Tierversuchen beschäftigten Personen an die gesetzlichen Vorschriften hielten. Das bundesdeutsche Tierschutzgesetz aus dem Jahre 1972 sieht gar nicht so schlecht aus. Es erlaubt grundsätzlich nur qualifizierten *(befähigten)* Personen, mit Wirbeltieren zu experimentieren, und es verbietet, ohne Betäubung einen mit Schmerzen verbundenen Eingriff vorzunehmen. Es sei denn, bei einer vergleichbaren Behandlung des Men-

schen unterbliebe in der Regel eine Betäubung ebenfalls. In solchem Fall ist nachzuweisen, daß die angestrebten Versuchsergebnisse nicht durch andere zumutbare Methoden zu erreichen sind. Undsoweiter. Das Gesetz gilt international als vorbildlich. Aber – und jetzt kommen wir auf Tschilke und Konsorten – gegen das schöne Gesetz wird immer wieder verstoßen. Weil es zuviele Gauner, Halunken und hartherzige Geschäftemacher gibt. Private Versuchsanstalten führen Aufträge aus. Oft für Hersteller zweifelhafter Waren. Diese Waren sind es mitunter nicht wert, daß ihretwegen auch nur eine Fliege geopfert wird. Aber der Gesetzgeber verlangt – wie ich schon ausführte – Tierversuche. Dazu benötigen diese Anstalten Tiere. Sie erhalten sie im allgemeinen von Tierhändlern. Unter denen gibt es Typen, die – menschlich gesehen – sehr zweifelhaft sind. Was kümmert sie die Qual eines Tieres? Sie sehen nur das Geld und handeln nach dem Grundsatz: so billig wie möglich einkaufen, so teuer wie möglich verkaufen. Bei wem kaufen sie ein? Bei Dieben. Bei Tierdieben. Bei Hundejägern. Und die gibt es leider in unserer schönen Stadt. Kein Tag vergeht, an dem nicht mindestens ein Dutzend Tiere unauffindbar verschwindet. Schwerpunkte dieser Diebstähle sind die Vororte. Die Tiere werden aus Zwingern, aus Gärten, aus Hundehütten entführt. Sogar Autos wurden deshalb schon aufgebrochen. Daß Georg Tschilke gestohlene Tiere aufkauft, wird behauptet. Beweise liegen noch nicht vor. Aber er steht auf der schwarzen Liste der Tierschützer, wie auch das private Vivisektionslabor von Dr. Anton Mäuchler in Stepperheide. Daß Tschilke ihm Tiere liefert, steht fest."

Locke schluckte. „Der Weg eines gestohlenen Tieres führt also über drei Stationen in den Tod: Dieb, Händler, Versuchsanstalt. Danny Tschilke hat heute eindeutig bewiesen, daß er ein Dieb ist – vielleicht zu den Hundejägern gehört, die seinen widerlichen Vater mit Ware versorgen. Bestimmt ist auch dieser Edwin, mit dem Tom sich gekeilt hat, dabei."

Ihr Vater sagte: „Man sollte der Polizei einen Tip geben."
Locke lächelte geringschätzig.

„Du meinst", sagte er „es kommt nichts dabei raus?"

„Unser Gesetz ist gut, sagst du selbst, und soll ja bald noch besser werden. Daß es trotzdem zu millionenfacher Grausamkeit an hilflosen Tieren kommt, ist ein Mangel der Aufsicht. Auch die soll verbessert werden. Hoffen wir's! Tierschützer und Tierfreunde werden ja – Gott sei Dank! – überall munter, dank der vielen Publikationen *(Veröffentlichungen)* in der Presse. Die Tiere haben also ihre Schutzgemeinschaft, und man wird sicherlich schöne Gesetze beschließen. Daß Tierversuche bei den Herstellern von Kosmetik-Produkten und Tabakwaren undsoweiter völlig unterbleiben müssen, ist selbstverständlich! Eine Schande für die Menschheit, daß man erst jetzt darauf kommt! Damit sind die Tierdiebe das zur Zeit größte Problem: Verbrecher, also. Hinzu kommen jene, die mit ihnen unter einer Decke stekken: Tierhändler, Versuchsanstalten. Nicht alle, aber einige, sicherlich viele. Wenn die Polizei bis jetzt nichts gegen diese Dunkelmänner unternommen hat, Himmel! – was erwarten wir dann?"

„O weh!" sagte Mike. „Ich fürchte, in unserer Locke ist ein eiserner Entschluß gereift."

„Nein, Nina!" sagte Rehm besorgt. "Du hast da nichts vor, nicht wahr? Du siehst ein, daß ein junges Mädchen gegen diese Berufsverbrecher nichts unternehmen kann. Daß es sich nur in Gefahr begeben würde – in eine Gefahr, die überhaupt nicht abzuschätzen ist."

Locke lächelte, griff rasch auf den Teller ihres Vaters und grapschte ihm eine Olive weg. Auf der kaute sie hingebungsvoll. Dann spuckte sie den Kern in die Luft und fing ihn auf – mit der Stirn.

„Du könntest im Zirkus auftreten", sagte Mike. „Oder ist das eine Yoga–Übung?"

„Locke!" Rehm kniff seinem Töchterchen in die Wange.

„Du hast mich doch richtig verstanden. Nach diesen Hundejägern zu suchen, ist Sache der Polizei. Halt dich diesmal, bitte, zurück! Auch wenn dein Gewissen dich drängt, den armen Tieren zu helfen."

Lockes glutvolle Augen waren auf ihren Vater gerichtet. „Versprechen kann ich nichts, Papi."

„Ich sehe Schreckliches auf uns zukommen", seufzte Mike. „Sie ist schon halb auf dem Kriegspfad, und sie wird Tom anstiften, dabei mitzumachen. Treu wie er ist, folgt er ihr dann durch dick und dünn."

„Er hat ein Herz für Tiere", sagte Locke. „Soviel steht schon mal fest. Im übrigen, Mike, bist du heute abend mit dem Abwasch dran."

Seit die Geschirrspülmaschine in Reparatur war, wechselten die Rehms sich damit ab. Gestern war Gunter an der Reihe gewesen. Heute traf das schwere Los Mike. Morgen – das hatte der Kundendienst versprochen – sollte die reparierte Maschine zurückgebracht werden.

Daß Locke die Einteilung zum Abwaschdienst vorgenommen hatte, versteht sich deshalb beinahe von selbst.

6. Bankraub

Rudi Porczik – Landstreicher und Bankräuber in einer Person – beschleunigte den Schritt. Er trug eine graue Hose, eine beige Windjacke, war rasiert und gekämmt. Auf seinen Hut mit den vielen Abzeichen hatte er verzichtet. Unter der Windjacke steckte eine Pistole im Gürtel.

Er näherte sich dem Parkplatz am Ende der Hindenburgstraße. Es war früher Vormittag. Die Sonne brannte vom Himmel. Die Dunstglocke über der Stadt hatte sich aufgelöst. In den Parks und Grünoasen war es heute fast so schön wie in den idyllischen Vororten oder in den Dörfern draußen vor der Stadt. Aber Porczik hatte keinen Blick für die Schönheit des Sommertages.

Er sah nur, wie Fred Lämmel – sein geschniegelter Komplice – den Parkplatz durchkämmte.

Lämmel war unauffällig gekleidet wie ein Kleinrentner, wobei Grau und verwaschenes Braun vorherrschten . Ein Greuel war ihm das. Aber es mußte sein. Wegen der Unauffälligkeit. Daß auch er eine Pistole im Gürtel trug, hätte niemand vermutet.

Der Parkplatz war unbewacht. Dennoch wurden hier – laut Statistik – nicht mehr Fahrzeuge geklaut als anderswo. Bürohäuser, Hochhäuser standen in der Nähe. Hunderte von Angestellten stellten hier täglich ihre Fahrzeuge ab.

Lämmel entschied sich für einen älteren Ford. Erstens, weil er das Modell besonders gut kannte, zweitens, weil der Wagen dicht an der Hecke parkte und rechts und links von hohen Lieferwagen abgeschirmt wurde.

Lämmel brauchte eine Minute, um die Tür mit Schraubenzieher und Drahtschlinge fachgerecht zu knacken. Schweiß lief ihm in die Augen. Er war ein bißchen aufgeregt, wie immer, aber auf eine prickelnde Weise, die er liebte wie starken Kaffee oder Sekt.

Er glitt hinters Lenkrad. Das Kurzschließen der Zündung

würde etwas länger dauern. Hoffentlich paßte Porczik gut auf. Klar, der machte das. Auf ihn war Verlaß.

Gewohnheitsmäßig öffnete Lämmel das Handschuhfach.

Eigentlich nur, um nicht irgendeine fette Beute zu übersehen. Denn den Wagen würden sie höchstens 20 Minuten benutzen, nur bis der Bankraub gelaufen war und sie die Gegend verlassen hatten. Er erwartete auch nichts – außer aufgeweichter Schokolade vielleicht, Kölnisch Wasser und Autokarten. Aber – wie leichtsinnig vom Besitzer – im Handschuhfach lagen die Zweitschlüssel.

Sie hingen an einem Ring. Lämmel nahm ihn.

Der kleine Schlüssel sah aus, als könnte man damit einen Briefkasten öffnen, der zweite war wohl der Wohnungs- bzw. Hausschlüssel, und der schmale mit dem Gummiring – das . . .

Lämmel schob ihn ins Zündschloß.

Na also! Das vereinfachte ja alles. Damit entfiel auch das Risiko, mit laufendem Motor vor der Bank zu parken.

Er fuhr aus der Box, rollte zum Ausgang, zog den Stöpsel der rechten Tür hoch und hielt kurz, damit Porczik einsteigen konnte.

„Was? Du hast die Schlüssel", staunte der.

„Lagen im Handschuhfach."

„Dummheit müßte bestraft werden."

„Wird sie ja auch. Wenn der Besitzer kommt, ist sein Wagen weg."

„Aber er kriegt ihn wieder."

„Nun sei mal nicht so gehässig."

„Das mußt du sagen! Wo du auf Katzen schießt und Fliegen die Flügel ausreißt."

Lämmel lachte. „Du gönnst mir wohl gar nichts."

„Doch." Porcziks Ledergesicht verzog sich zu einem Grinsen.

„Heute gönne ich dir eine Riesenbeute. Und mir davon die Hälfte."

„Wird schon schiefgehen."

Lämmel spuckte aufs Armaturenbrett. In seinem eigenen Wagen hätte er durchs Fenster gespuckt. Aber soviel Rücksichtnahme stand fremdem Eigentum nicht zu.

Sie fuhren durch enge Straßen. Es war schattig. Kopfsteinpflaster herrschte vor. Der Wagen rumpelte.

Die Bankfiliale – nur eine sehr kleine Filiale *(Zweigniederlassung)*– lag in ruhiger Gegend. Rechts daneben war ein Waschsalon, links die Straßenecke, gegenüber ein sandiger Platz zwischen zwei Wohnblocks. Auf dem kleinen Platz durften Anrainer parken.

Lämmel stellte den Wagen vorn hin, den Kühler in Fahrtrichtung – also zur Straße.

„Alles klar, Rudi?"

Porczik zog ein Stoffgebilde unter der Windjacke hervor.

„Alles klar!"

Sie stiegen aus. Die Türen blieben offen. Lämmel steckte den Schlüsselring ein.

Auf der anderen Seite des Platzes wackelten drei, vier Tauben über den Boden – auf der Suche nach Futter. Eine Frau kam aus dem Waschsalon. Sie trug einen gefüllten Wäschekorb unter dem Arm, schleppte schwer daran und ging – ohne die beiden zu beachten – in andere Richtung.

Sie überquerten die Straße.

Lämmel drückte die gläserne Eingangstür auf.

Der kleine Vorraum lag so, daß man von hier zwar in die Kundenhalle hineinsehen konnte, aber nicht zu Kasse und Schalter. Die Räumlichkeit stammte von anno Tobak *(aus alter Zeit)* und war hoffnungslos verbaut.

Porczik entfaltete sein Stoffgebilde, aus dem jetzt eine sackartige Kapuze wurde, die nur Sehschlitze freiließ. Über den Kopf gestülpt, machte sie ihn unkenntlich.

Auf die gleiche Weise hatte Lämmel sich maskiert. Er wußte, wie es in der kleinen Kundenhalle aussah: Links der Kugelsichere Glaskasten des Kassierers, rechts daneben die

Schalter mit zwei ältlichen Angestellten. Die würden sich in die Hose machen – beim Anblick zweier Pistolen.

Sicherlich: Den Glaskasten, wo das Geld war, den konnten sie nicht knacken. Aber die beiden Angestellten als Geisel nehmen – das würde genügen, um jeden Heldenmut des Kassierers im Keim zu ersticken.

„Fertig?" zischte Lämmel.

„Fertig."

Sie stürmten hinein.

„Niemand rührt sich! Das ist ein Überfall!" brüllte Lämmel.

Kein Kunde war da.

Lämmel rannte zum Schalter. Die beiden ältlichen Männer fuhren hinter ihren Schreibtischen hoch. Ängstlich hoben sie die Arme.

Jetzt war Rudi neben Lämmel, richtete seine Waffe auf die beiden und würde dafür sorgen, daß keiner auf den Alarmknopf trat.

Lämmel hielt seine Pistole in der Rechten, in der Linken einen Leinenbeutel. Für das Geld.

Hastig wandte er sich zum Glaskasten des Kassierers.

Aber – dort war kein Kassierer! Dort saß eine junge Frau.

Schreckensstarr sah sie ihm entgegen.

Es war – Verena! Seine Angebetete, die Frau, wegen der er die Kriminalität an den Nagel hängen wollte.

Sein Schritt stockte. Schweiß brach ihm aus. Unerträglich heiß wurde es unter der Maske. Die Verwirrung lähmte ihn. Er starrte durch die Sehschlitze auf ihr hübsches Gesicht. Dann wirbelten seine Gedanken durcheinander.

Das also ist ihr Job! Nicht Buchhaltung, sondern Bankfach! Warum habe ich nicht hingehört? Aber wer konnte das ahnen! Seit gestern ist sie in der Stadt. Heute – natürlich! – heute ist der erste des Monats – und ihr erster Arbeitstag hier. Verdammter Mist! Erkennt sie mich? Nein! Unmöglich! Aber – meine Stimme! Was mache ich?

„Worauf wartest du?“ jaulte Rudi hinter ihm.

Krächzend stieß Lämmel hervor: „Alle Scheine in den Beutel! Tempo! Wenn du nicht spurst, legen wir die beiden um.“

Er zwängte den Beutel durch den Schlitz über dem Zahlteller.

Verenas Hände zitterten. Aber sie gehorchte. Hastig füllte sie Geldbündel in den Beutel. Dünne Bündel. Ein Vermögen war das nicht. Bestimmt kein Lotto–Gewinn, eher . . .

„Mehr!“ brüllte er. „Alles.“

„Das tue ich ja.“ Sie hatte sich gefaßt. Ihre Stimme klang ruhig. Verena würde nicht in Ohnmacht fallen, nein. Aber würde sie Dummheiten machen und den Alarmknopf drükken, der bei ihr in der Kasse angebracht war?

Als sie alles Papiergeld in den Beutel gestopft hatte, paßte er nicht mehr durch den Schlitz. Sie mußte die Tür des Glaskastens öffnen.

Lämmel riß ihr den Beutel aus der Hand. Seine Finger waren schweißig. Kaum daß er die Waffe halten konnte. Wie peinlich, wäre sie ihm wie ein Stück feuchter Seife durch die Hand geglitscht!

Die Kapuze rutschte zu tief. Er sah nichts mehr. Als sie hinausstürmten, kam er sich vor wie ein Blinder. Im Vorraum rissen sie die Masken herunter. Tempo zum Wagen! Nicht umdrehen! Sicherlich – die vergitterten Fenster hatten Milchglasscheiben. Aber Verena war zuzutrauen, daß sie einen Blick durch die Tür riskierte.

Mit durchdrehenden Reifen preschte der Ford um die Ekke.

Erst in der Brand-Straße atmete Lämmel auf.

Im selben Moment weiteten sich seine Augen – starr vor Schreck.

Mit rotierendem Blaulicht kam ihnen ein Streifenwagen entgegen.

„Die wollen uns!“ keuchte Porczik.

„Ruhig bleiben!“

Lämmel wich auf die äußerste rechte Seite aus. Der Streifenwagen zischte vorbei – zur Bank.

„Nochmal Glück gehabt", murmelte Porczik.

Sie fuhren zu einem Parkhaus, stellten den Ford in der dritten Etage ab und ließen den Schlüsselring auf dem Fahrersitz liegen.

Unbemerkt – denn niemand war in der Nähe – rannten sie in die vierte Etage hoch, wo Lämmels Simca stand.

In Sekundenschnelle vertauschte Porczik seine Altmännerkluft gegen einen poppigen Sommeranzug in Hellgrün. Das krachgelbe T-Shirt trug er bereits. Die dunklen Schweißflecke auf der Brust fielen nicht auf.

Zu Fuß verließ Porczik das Parkhaus.

Lämmel hatte Beute, seine Jacke, Porczìks Klamotten und beide Pistolen im Kofferraum verstaut. Er trug jetzt einen roten Sommerpullover, hatte sich den Schweiß abgetrocknet und mit großem Aufwand die Haare gekämmt.

Er schlenderte zur Kasse, löste den Parkschein ein und rollte dann mit seinem Simca in die sengende Hitze hinaus.

Verena! Also, daß das passieren mußte! Sachen gibt's! Aber es war gut gegangen. Weshalb aufregen? Selbstverständlich würde er sich heute abend mit ihr treffen. Wie verabredet. Und feiern. Später, wenn sie sehr vertraut miteinander waren, würde er ihr die Sache vielleicht erzählen. Oder? Nein, doch lieber nicht. Es könnte sie enttäuschen. Sie war rein wie ein Engel, ehrlich, anständig, durch und durch moralisch! Ihr mit so einem „Scherz" zu kommen – um Himmels willen!

Ich glaube, dachte er, ich muß noch lernen, wie man mit einem so aufrichtigen Menschen umgeht. Aber lernen werde ich's bestimmt.

Er fuhr nach Hause, stellte den Wagen in die Tiefgarage und fuhr mit dem Lift hinauf.

Porczik war schon da. Er hatte sich ein Taxi genommen.

„Mensch", sagte er, „mir zittern noch die Knochen. Zwei

Minuten länger in der Bank – und die Bullen hätten uns gefaßt. Die waren ja so schnell da – ich vermute, die Kassiererin hat Alarm gegeben, ohne daß wir das merkten."

Lämmel nickte.

„Es wird immer gefährlicher", murmelte sein Komplice.

„Noch ein Grund, auszusteigen."

„Jaja, ich weiß. Es war dein letzter Überfall." Porczik ging in die Küche und holte sich eine Dose Bier aus dem Eisschrank. Als er sie öffnete, spritzte Schaum an die Wand.

„Was ich noch sagen wollte, Fred: Du warst heute verdammt langsam."

„Wieso?"

„Statt der Kassiererin Dampf zu machen, hast du dich an dem Beutel festgehalten. Für einen Moment dachte ich, du hättest dir's anders überlegt."

Lämmel erwiderte nichts, sondern warf den Leinenbeutel auf den Tisch. Banknoten raschelten. Aber der Lärm war nicht so, daß man sich deshalb die Ohren zuhalten mußte. Wie er so dalag, sah der Beutel aus, als wäre er leer.

„Ich wage gar nicht, hineinzusehen", sagte Porczik. „Sonst trifft mich vor Freude der Schlag. Sind wir jetzt Millionäre? Vielleicht Multi-Millionäre? Oder reicht es nur für die Miete und drei Mahlzeiten an der Würstchenbude?"

„Es reicht für etliche Jahre Knast, wenn sie uns erwischen."

Mit zwei Fingern faßte Lämmel eine Ecke des Beutels und schüttelte das Geld heraus. „O weh!"

Sie zählten. Sie zählten zweimal. Aber es wurden nicht mehr als 12.720 Mark, meist Hunderter.

„Und dafür riskiert man Kopf und Kragen", stöhnte Porczik.

„Ich habe noch mehr riskiert."

„Was?"

„Ich habe riskiert, daß ich Verena verliere – bevor wir überhaupt ein Paar sind."

„Ja, mir ist bekannt, Fred, daß sie mit einem Kriminellen nichts im Sinn hätte. Aber du wirst ihr ja nicht auf die Nase binden, wie du dir dein Taschengeld bisher verdient hast."

„Aber sie hätte mich erkennen können."

„Sie . . . was?" Porczik starrte ihn an, verstand noch nicht, wurde dann Ton um Ton blasser, begriff endlich, was Lämmel meinte, und sperrte den Mund auf wie ein Karpfen.

„Willst du . . . damit . . . sagen, die Kassiererin . . ."

„Ja", sagte Lämmel. „Das war Verena. Ich hatte keine Ahnung, daß sie dort arbeitet."

Porczik sank auf einen Küchenstuhl. Mit der Hand drückte er seine Kinnlade hinauf.

„Hat sie dich erkannt?"

„Nein."

„Bist du sicher?"

„Bin ich. Auch mit der Stimme habe ich mich nicht verraten. Sie klang verfälscht durch die Stoffmaske, außerdem habe ich gekrächzt – wie du weißt."

„Und? Willst du sie trotzdem heute abend treffen?"

„Selbstverständlich! Daß Verena die Kassiererin ist, ändert doch nichts an unserer Verabredung."

Porczik bekaute seine Unterlippe, als schmecke sie nach Pfefferminz oder Rollbraten.

„Hm. Ja. Hast eigentlich recht. Hätte sie dich erkannt, wären die Bullen schon hier. Es sei denn, sie sagt dir heute abend, daß sie ein Drittel der Beute für sich beansprucht."

„Wofür hältst du sie!" zischte Lämmel. „Verena ist so anständig, so wahrhaftig, so aufrichtig. . ."

★

Eben hatte es im Goethe-Gymnasium zur großen Pause geläutet. Wer Beine hatte, strömte ins Freie. Die Schüler der Unterstufe rannten, stießen und schubsten. Bei ihnen wurde auch am lautesten krakeelt. Gemessener ging es bei den Jungs und Mädels der Mittelstufe zu, wovon Locke und Tom sich nicht ausschlossen. Und die Großen – die aus der Oberstufe und die Fast-Abiturienten – die zeigten natürlich, wie abgeklärt und weltläufig man war.

Das Goethe-Gymnasium war die größte Oberschule der großen Stadt und galt als anspruchsvoll. Die Penne, wie sie von den Schülern genannt wurde, lag zentral – eine U-Bahn-Station in der Nähe. Die Straßenbahn fuhr vorbei, und Buslinien berührten nahe Ecken.

Das Gebäude war sehenswert: eine Art mittelalterliche Burg – ohne Burggraben und Zugbrücke allerdings –, eine Burg, an die man hier und da, eigentlich überall, moderne Zweckbauten aus Glas, Stahl und etwas Beton angekleistert hatte. 16 zusätzliche Klassenräume waren dadurch entstanden, außerdem zwei Physiksäle, ein Biologie-Zimmer, ein Chemiesaal, die Turnhalle und ein Fahrradschuppen für 600 Drahtesel. Der wurde zum größten Teil von den Lehrern benutzt. Die älteren Schüler waren zwei- oder vierräderig motorisiert, die andern kamen mit öffentlichen Verkehrsmitteln.

Die Schule war äußerlich so häßlich, daß sie schon fast wieder schön war. Aber darüber machte sich niemand Gedanken.

„Ich verabscheue ihn“, sagte Locke und biß in einen rotwangigen Apfel.

„Wieso? Schmeckt er nicht?“ Tom sprach etwas undeutlich. Er hatte sich die Hälfte eines Leberwurstbrotes hinter die Zähne geschoben.

„Wie? Ach so, hahaha, Kindskopf. Ich meine nicht dieses Kernobst aus deutschen Landen, sondern den da.“

Ihr Daumen wies in eine schattige Ecke des Schulhofs.

Danny Tschilke hatte dort den ‚Abschaum der Oberstufe‘, wie Locke zu sagen pflegte, um sich versammelt: ein Dutzend lässiger Typen und poppiger Motten. Alle pafften. Einer hatte sogar eine gewaltige Zigarre, die er in jeder Pause ein Stück kürzer rauchte.

„Der Tschilke verdient nicht mal deinen Abscheu, Locke."
„Jedenfalls gibt er wieder an, der Hundejäger."
Locke und Tom standen nahe der Ulme, hatten die Köpfe zusammengesteckt und zeigten damit: Was sie zu bereden hatten, war nicht für ein fünftes und sechstes Ohr bestimmt. Klassenkameraden und Freunde kannten das und hielten sich fern. Die beiden waren sehr beliebt. Als Klassensprecherin, die kein Blatt vor den Mund nahm, machte Locke sich seit drei Jahren um ihre Mitschüler verdient. Daß sie Toms Freundin war, wußte jeder an der Schule – sogar der Direktor. Die beiden galten als eisernes Pärchen, was auf der einen Seite zahlreiche Jungs, auf der anderen Seite fast ebenso viele Mädchen bedauerten. Heimlich, natürlich.
„Er darf auf keinen Fall merken, daß wir ihm auf der Spur sind", sagte Locke. „Ihm und den anderen Hundejägern. Denn mehrere müssen es sein. Das ist klar."
„Hamhüm", sagte Tom durch sein Leberwurstbrot.
„Was?"
„Edwin."
„Sehr richtig. Damit sind es schon zwei. Aber die werden sich wundern." Sie warf das Apfelgehäuse in einen Papierkorb. „Also, Tom, unser Entschluß steht. Wir werden Danny Tschilke beobachten. Ihn, Edwin und wer sonst noch bei dem alten Tschilke in Diensten steht. Damit – ich spüre es förmlich – werden wir die Bande der Hundejäger entlarven."
„Wahrscheinlich."
Locke lehnte sich an den Stamm der Ulme, schüttelte ihre braune Mähne, schob eine Hüfte etwas vor und stützte eine Hand in die Taille. Ihre schwarzen Augen waren auf den asphaltierten Boden gerichtet. Über der schmalen Nase kerbte sich eine nachdenkliche Furche in die Stirn.
Sie sah zum Anbeißen aus.
Tom schluckte und dachte: Einen Kuß möchte ich ihr geben. Aber täte ich's – hier, würde sie mir eine knallen, daß

ich den Fudschijama für eine Karate-Technik halte. Hm! Wie süß sie wieder angezogen ist.

Das war nun stark übertrieben. Locke trug lediglich einen roten bauschigen Rock, der in Indien oder ähnlicher Gegend geschneidert worden war, und dazu einen schwarzen Sommerpulli ohne Ärmel. Die braungebrannten, langen Beine waren nackt und die Füße steckten in Sandalen mit knäckebrotdünner Sohle. Eine wenig aufwendige Kluft, also. Aber an Locke sah alles toll aus. Die Trägerin machte es.

Ihre langen Haare fielen nach vorn und umrahmten das Gesicht. Jetzt hob sie den Kopf, ihr Blick wanderte zu der Tschilke-Gruppe hinüber.

Danny war auch heute gekleidet, als käme er gerade aus einer Disco. Er wandte Locke und Tom den Rücken zu und gab irgendwelchen Blödsinn von sich, zu dem die andern pflichtschuldig lachten. Das taten sie immer, denn nur wer Danny hofierte, durfte – gelegentlich – im Porsche mitfahren. Außerdem spendierte Danny abends in der Disco regelmäßig Runden für seine Freunde. Und wer wollte nicht zu seinen Freunden zählen, wenn es Schnaps, Bier und Wein umsonst gab?!

Hoppla! Was will der denn? Lockes Augen wurden groß.

Ein Junge trat zu Danny Tschilke, sprach ihn an.

„Das ist Werner Urban“, sagte Tom. „Der fixt.“

„Wirklich? Der nimmt Rauschgift?“

„So sagt man. Und wie der aussieht . . .“

Damit hatte er recht.

Werner Urban war 17, ein hagerer Typ mit fahler Haut und unnatürlich geweiteten Augen. Er wirkte krank. Seine Haltung war schlaff. Er hatte eine nervöse Art, sich die Nase zu wischen, und seine Gesten waren fahrig.

„Jetzt wird Tschilke als Dealer (*Rauschgifthändler*) gebraucht“, sagte Tom.

Tschilke löste sich von der Gruppe und trat mit Urban beiseite.

„Weißt du, was die jetzt reden“, sagte Tom leise. „Urban fragt nach Stoff. Sieh dir Tschilkes Visage an! Wie der sich ziert. Moment, ja, ich kann's ablesen!“

Tom kniff die Augen zusammen und starrte zu Tschilke hinüber.

Das mit dem Ablesen war eine – erlernte – Fähigkeit, die Locke an ihrem Freund bewunderte. Tom konnte nämlich Gesprochenes von den Lippen ablesen – wenn er außer Hörweite war. Gelernt hatte er das, vor einem Jahr, bei einem Lehrer für Taubstumme.

Diesen bedauernswerten Menschen, die weder hören noch sprechen können, bleiben nur zwei Möglichkeiten, um sich mitzuteilen: Zeichensprache und Schrift. Aber auf der Taubstummenschule lernen sie, andere – redende – Menschen zu verstehen, indem sie ihnen die Worte von den Lippen ablesen. Freilich gelingt das nur, wenn der Sprecher mit den Lippen die Worte halbwegs deutlich formt.

Tom, der Ohren besaß wie ein Luchs, hatte den Taubstummenlehrer zufällig kennengelernt, sich für das Lippenlesen interessiert und sich intensiv damit beschäftigt. Letztlich, weil er sich sagte, daß es nur nützlich sein kann. Wie jetzt.

Tschilke stand mindestens 20 Meter entfernt. Und redete leise. Aber sein Gesicht war in Toms Richtung gedreht, und der las von den Lippen.

„Er sagt: *Ich weiß zwar nicht, Urban, warum du . . . damit ausgerechnet . . . zu mir kommst. Aber ich . . . kenne einen Dealer.*“

„Rätst du, oder stimmt das?“ staunte Locke.

„Stimmt Wort für Wort! Jetzt sagt er: *Um . . . nicht erkannt zu werden, verhökert der sein Ha* – H, also, der meint Heroin – *über tote Briefkästen. Zum Beispiel benutzt er . . . den hohlen Stamm der . . . Blitzbuche.* Ja, Locke! Blitzbuche! Jetzt: *Ich werde ihm sagen . . . , daß du dort heute zwei große Scheine . . . hinblätterst. Punkt drei Uhr. Dann haust du ab! Eine halbe Stunde später liegt dort . . . dein Stoff.*“

„Phantastisch!" lobte Locke. „Das mußt du mir unbedingt beibringen."

„Nee!" lachte er. „Wenn du das alles selbst kannst, besteht die Gefahr, daß du mich nicht mehr brauchst."

Locke lächelte und knuffte ihn in die Rippen. „Unersetzlich bist du zwar nicht. Aber vorläufig habe ich noch Verwendung für dich."

Sie beobachtete, wie Werner Urban abzog und Tschilke zu seinen Bewunderern zurückkehrte.

Also doch! dachte sie. Es ist nicht nur ein Gerücht. Danny Tschilke handelt tatsächlich mit Rauschgift. Der faßt wohl jeden Dreck an. Hauptsache, es bringt Geld. Scheint, daß er auf diese Art der Abwicklung besteht. Blitzbuche, soso! Ein toter Briefkasten ist dort – ein Übergabeversteck. Bildet Tschilke sich ein, daß er damit aus dem Schneider ist – wenn mal was schiefläuft? Er kennt einen Dealer . . . Der ist dann der Böse, nur der gute Danny nicht! Lächerlich!

Sie wandte sich Tom zu. Dabei fiel ihr Blick auf Claus Bader.

Der – ein 18jähriger – lungerte im Schatten der Hofmauer, hatte offensichtlich die Lippen aufeinander gepreßt und starrte zu Tschilke hinüber. In seinem Gesicht stand Haß.

Noch einer, der ihn nicht leiden kann, dachte sie.

„Also", sagte Tom, „was machen wir?"

„Da fragst du? Wir sind kurz vor drei an der Blitzbuche."

„Gut."

„Über seine Feinde", verkündete Locke, „kann man nicht genug wissen. Und Tschilke ist mein Feind."

7. Rauschgift in der Blitzbuche

Auch Claus Bader hatte den Vorgang beobachtet – und die Wahrheit erraten.

Er war Schüler der 12. Klasse. Sein Notendurchschnitt lag bei 1,3 – was er weniger seiner Begabung verdankte als vielmehr seinem maßlosen Ehrgeiz.

Er war hochgewachsen, sah trotzdem unscheinbar aus und kam aus einfachen Verhältnissen. Seinen Eltern war er entfremdet. Im Grunde verachtete er sie. Was er wollte, wußte er genau: raus aus seinem Milieu (*Umgebung*). Aufsteigen um jeden Preis. Dorthin kommen, wo einer wie Danny Tschilke von Geburt an gewesen war. Bei den Wohlhabenden, bei den Reichen. Vielleicht war das der Grund, warum er ihn, Danny Tschilke, so abgrundtief haßte. Sicherlich – Tschilke hatte ihm nie was getan. Sie kannten sich kaum. Aber Claus empfand tiefe Verbitterung, wenn er sah, wie Tschilke mit Geld um sich warf, die hübschesten Mädchen in seinem Porsche spazieren fuhr und in den Nobeldiskotheken der gefragteste Typ war.

Claus Baders Leben lief anders. Morgens vor der Schule trug er zwei Stunden lang Zeitungen aus. Begriffsstutzigen Schülern gab er abends Nachhilfestunden. Und während der Ferien plagte er sich mit Jobs ab, die seiner Intelligenz nicht entsprachen. Es war zuviel. In letzter Zeit fragte er sich immer öfters, wie lange er das noch durchhalten konnte.

Tschilke dealte nicht, weil er Geld brauchte. Sein berüchtigter Vater, der Tierhändler, besaß genug. Tschilke dealte, weil er das schick fand, weil er sich vor beknackten Typen gern als großer Macher aufspielte und weil er in seiner Überheblichkeit glaubte, Gesetz und Ordnung hätten für ihn keine Gültigkeit.

Du bildest dir ein, du kannst dir das erlauben, dachte Claus Bader. Nicht mehr lange, du Kotztyp! Denn *dich* mache ich fertig.

Das Läuten unterbrach seine Gedanken.

Die Pause war beendet.

★

Nach der Schule holte Locke ihren Roller aus dem Fahrradschuppen. Am Tor wartete sie dann auf Tom.

Er redete noch mit einem der Sportlehrer – wahrscheinlich betraf es das Karate-Training heute abend – kam dann endlich und schob seinen „Hirsch".

„Lädst du mich zum Essen ein?" fragte sie.

„Klar. Allerdings . . . ich habe nur noch zwei Mark und . . . "

„Wir wollen doch keinen Wirt reich machen", unterbrach sie. „Ich meine, bei dir zu Hause. Helga hat bestimmt nichts dagegen."

„Bestimmt nicht. Meine Mutter liebt dich bald mehr als mich."

„Unsinn! Du bist und bleibst bei ihr die Numero eins. Dicht gefolgt von meinem Papi. Ist doch süß, wie die beiden sich mögen, nicht wahr?"

Tom nickte. Sein Vater war schon so lange tot – er hatte ihn gar nicht gekannt. Um so mehr hing er an Gunter Rehm. In ihm sah er – mit Recht – einen neuen Vater auf sich zukommen. Denn Gunter Rehm und Helga Conradi, Toms Mutter, waren seit Jahren das, was man ein festes Verhältnis nennt.

Locke sagte: „Hast du dir schon mal überlegt: Wenn die beiden eines Tages heiraten, bist du mein Bruder, Engelbert."

„Stiefbruder! Und so werde ich mich auch immer benehmen."

Sie lächelte.

„Ist bei dir zu Hause wieder tote Hose?" erkundigte er sich.

„Klar. Gunter kommt erst, wenn die Lichter angehen, hat heute einen harten Tag. Und Mike treibt sich rum. Erst beim Arzt – wegen seines Knies –, dann bei einer Freundin, dann bei einem Freund, mit dem er einen Vortrag ausarbeitet. Ich armes Schlüsselkind käme mir in unserem groooßen Haus ganz verloren vor."

„Außerdem wollen wir vor drei Uhr bei der Blitzbuche sein. Und von mir ist es näher dorthin."

Sie starteten ihre Motorroller und fuhren durch die Stadt. Es war Mittagszeit. Der nächste Stoßverkehr würde erst in einer halben Stunde einsetzen.

Die Conradis – Mutter und Sohn – wohnten in einem grünen Viertel, unweit der Innenstadt. Die Adresse war ein L-förmiger Bungalow, umgeben von einem großen Garten, den Tom pflegen mußte, was er zähneknirschend tat, stand ihm doch immerhin ein elektrischer Rasenmäher neuesten Fabrikats zur Verfügung.

Am Gartentor hing ein Schild: *Dr. Helga Conradi – Tierärztin. Sprechstunden Mo-Fr 9-12 Uhr und nach Vereinbarung.*

Toms Mutter war bei ihren vierbeinigen Patienten und deren Besitzern so beliebt, daß sie auch alle Nachmittage in der Praxis verbringen mußte – oft bis in den Abend hinein. Die Praxisräume befanden sich in dem kürzeren Trakt des Hauses.

Locke und Tom schoben ihre Roller zur Garage. Draußen auf der Straße parkten mehrere Wagen. Von Patienten, sicherlich.

„Riecht nach Linsen mit Schweinebauch", sagte Tom.

„Ist mir egal. Hauptsache, ich kriege ein Glas Milch."

„Werden wir deinetwegen die Kuh anzapfen, wie?" lachte er.

Sie gingen zum Privateingang.

Bevor sie ihn erreichten, erhob sich die Stimme eines Löwen hinter der Tür.

„Nicki hat dich gehört", sagte Tom.

„Uns hat er gehört", stellte sie richtig. Wußte sie doch, daß ihr Freund – was Nicki betraf – ein kleines bißchen eifersüchtig war. Denn Nicki liebte Locke mit jeder Faser seines Hundeherzens. Es kam vor, daß er in ihrer Gegenwart vor Glück die Augen verdrehte.

Tom schloß auf, öffnete die Tür spaltweit und taumelte zur Seite. Im Vorbeispringen stupste Nicki ihn liebevoll mit der Nase, dann machte er Männchen vor Locke. Das heißt, er legte ihr beide Vorderpfoten auf die Schultern, wedelte mit dem Schwanz, daß im Garten die Blumen schwankten, und bemühte sich, Locke mit rosafarbiger Zunge das Gesicht abzulecken.

„Hilfe!“ Sie lachte. „Nicki, nicht so wild!“ Mit beiden Händen hielt sie seinen mächtigen Schädel, um der liebevollen Wäsche zu entgehen.

Es dauerte eine Weile, bis Nicki sich beruhigte. Dann warf er sich auf den Rücken, streckte alle Viere in die Luft und ließ sich von Locke am Bauch kraulen. Das war ein Muß.

Tom sah nachdenklich zu. „Mir kommt eine Idee. Was hältst du davon: Wir binden Nicki irgendwo an und warten, bis Danny Tschilke ihn klauen will. Dann gibt's einen Hundejäger weniger.“

„Zu rabiat!“ lachte sie. „Ich bin nicht für gewaltsame Lösungen.“

Nicki brummte aus tiefer Kehle. Das war Behagen. Aber es klang wie Zustimmung.

Das Haustier der Conradis war 19 Monate alt und ein wundervoller Mischling. Aus der Ferne hätte man ihn für einen Tiger gehalten – so kraftvoll sah er aus, und so gestromt war sein Fell. Man wußte: Seine Mutter war eine besonders schöne Tiger-Boxerin gewesen, sein Vater ein mächtiger Wolfshund. Der hatte Nicki den Schädel mit langer Schnauze und gewaltigem Fang vererbt. Von der Mutter hatte er das Fell, von beiden die besten Eigenschaften. Er war liebevoll zur Familie, aber wachsam und scharf, wenn Gefahr drohte. Bretthharte Muskeln zeichneten sich unter seinem Fell ab. Es war goldbraun, sein Gesicht fast schwarz, der lange Schwanz dicht behaart. Er lief in eine schwarze Quaste aus. Komisch waren eigentlich nur seine Ohren: kleine, dreieckige Schlappohren wie bei einem Pinscher.

Zigeuner hatten seine Mutter, als sie Junge werfen (*gebären*) sollte, ins Tierheim gebracht. Bei der Geburt war sie gestorben. Nicki war dann im Tierheim aufgewachsen, bis Helga Conradi ihn dort entdeckte. Sie hatte ihn zu sich geholt und das nie bereut. Mit jedem Tag entwickelte Nicki sich besser. Er war sehr klug, lernte schnell, hatte einen Dickkopf und Talent zum Clown.

Seit er im Haus war, brauchten die Conradis keinen Wekker. Jeden Morgen punkt sieben erhob Nicki sich von seinem breiten Lager in der Diele, streckte sich gähnend, schritt dann zu Helgas Schlafzimmer, drückte mit der rechten Pfote auf die Klinke, schob die Tür mit der Schnauze auf, lief zum Bett und leckte seinem Frauchen über die Nase.

Anschließend wurde Tom auf die gleiche Weise geweckt.

Nicki freilich stelzte zu seinem Lager zurück, ließ sich seufzend fallen und schlief weiter. Bevor Helga zum Morgenspaziergang aufbrach, mußte er geweckt werden.

Locke führte ihn jetzt am Halsband ins Haus, wo er ihr nicht mehr von der Seite wich. Tom war bereits in seinem Zimmer.

Aus der Küche rief die Köchin: „Hallo, Locke! Bist du's?"

„Tag, Frau Mehrrettich!"

Locke ging in die Küche und gab ihr die Hand.

Luise Mehrrettich – sie hieß tatsächlich so – war eine freundliche Person, der man ansah, daß sie gern kochte und noch lieber aß. Sie war hier Köchin und Haushälterin in einer Person, hatte Tom zu ihrem Liebling erkoren und erfüllte ihm jeden Wunsch, so sie konnte. Nicht nur, daß sie bevorzugt seine Lieblingsspeisen kochte. Auch das Bett machte sie ihm – wozu er morgens nie Zeit hatte. Daß sie regelmäßig sein Zimmer aufräumte, vergalt er ihr mit breitem, dankbaren Grinsen.

Was ihren Namen betraf, legte sie großen Wert darauf, daß Mehrrettich mit H geschrieben wurde und nicht etwa mit doppeltem ee. „Aber bitte mit H!“ war ihre Redensart. Daraus hatte sich ihr Spitzname ergeben: Mit-Ha.

Locke schnupperte in Richtung Elektroherd. „Linsen mit Schweinebauch?“

Mit-Ha lächelte. „Gute Hausmannskost! Ißt Tom so gern. Dann decke ich also doch für zwei. Sonst hätte Tom nämlich allein essen müssen. Die Frau Doktor hat noch in der Praxis zu tun. Und ich muß ja Diät halten. Aber nur noch diese Woche."

Das sagte sie seit Monaten: „. . . nur noch diese Woche."

Doch ihr figürlicher Umfang veränderte sich nicht. Wahrscheinlich naschte sie heimlich und dachte: Was niemand sieht, macht auch nicht dick.

Fünf Minuten später saßen Locke und Tom am Tisch. Nikki streckte sich zwischen ihnen aus und brummte zufrieden. Sein Kopf lag auf Lockes Füßen, was er himmlisch fand.

Tom leerte mit erstaunlicher Geschwindigkeit zwei Teller. Locke schaffte nur einen halben, trank aber ein großes Glas Milch. Mit-Ha war nicht gekränkt. Mittlerweile wußte sie, daß Locke nur über einen schwach entwickelten Appetit verfügte.

In dem gefliesten Flur, der zum Praxistrakt hinüberführte, erklangen Schritte. Spitze Absätze klapperten.

„Luise", rief Helga Conradi, „mach mir bitte rasch einen Kaffee. Sind die Kinder noch da?"

Offenbar hatte sie beobachtet, daß beide gekommen waren.

„Sie essen", rief Mit-Ha aus der Küche. „Wollen Sie nicht auch, Frau Doktor?"

„Nur Kaffee."

Toms Mutter kam herein. Nicki sprang ihr freudig entgegen. Mit einer Hand wurde er gekrault. Mit der anderen umarmte sie Locke. Tom küßte seine Mutter auf die Wange.

„Ich würde euch ja gern Gesellschaft leisten", sagte Helga. „Aber ich habe noch 30 Patienten bis heute abend. Und spätestens um sieben muß ich fertig sein." Sie lächelte. „Du weißt es sicherlich, Locke. Gunter und ich gehen ins Theater. Lady Windermeres Fächer. Anschließend essen wir in der Theaterklause."

„Richtig!" Locke lachte. „Gestern hat er's gesagt. Aber bei mir ist nur hängen geblieben, daß er spät heimkommt. Um so besser! Dann kann Mike sich sein Spiegelei selbst braten. Mich wird die Küche nicht sehen."

„Im Moment bin ich zwar satt", sagte Tom. „Aber das wird nicht bis Mitternacht vorhalten. Wäre das nicht 'ne Idee,

Locke, wenn wir beide so zwischen zehn und elf in der Theaterklause aufkreuzen. Vielleicht sitzen da ganz zufällig spendable (*freigebig*) Elternteile, die uns ein Feinschmeckeressen aufdrängen."

„Untersteht euch!" lächelte Helga. „Wir wollen Händchen halten und nichts von euch sehen. Kinder von eurer Größe erinnern einen nur daran, daß man kein Teenager mehr ist."

„Also, Mutter!" sagte Tom mit dem tiefsten Baß, zu dem er fähig war. „Wie 42 siehst du wirklich nicht aus. Höchstens . . . naja, 40 oder 41. Aber keinen Tag mehr."

„Paß auf, du! Gleich tunke ich dich in die Linsen."

„Ihr Kaffee, Frau Doktor!" sagte Mit-Ha in diesem Moment und brachte ein kleines Tablett mit Sahnekännchen und großer Tasse herein.

Helga trank im Stehen. Sie war wirklich in Eile.

Locke tauschte mit ihr einen Blick, und beide lächelten.

Was besseres als Helga, dachte Locke, konnte Papi nicht passieren. Eine tolle Frau. Sie ist und bleibt mein Vorbild. Himmel, wenn wir alle doch nur ein bißchen mehr Zeit hätten. Sind wir nicht wie eine große Familie: Papi, Mike, Helga, Tom und ich. Aber keiner hat Zeit, obwohl wir uns bombig verstehen. Ist wirklich viel zu selten, daß wir alle zusammen sind und miteinander feiern. Aber – das wird nochmal anders. Und Nicki ist dann auch dabei.

Helga rührte in ihrer Tasse und trank den letzten Schluck.

Sie sah blendend aus, war eine attraktive Frau: blauäugig, goldblond, mit langem Haar und schmalem, ebenmäßigen Gesicht. Sie war schlank und biegsam, ihr Aufschlag beim Tennis so gut, daß sie hin und wieder einen Satz gegen Gunter gewann. Ob er dabei voll aufspielte, wußte allerdings niemand außer ihm.

„Also, Kinder! Ich sehe euch noch."

Sie stellte ihre Tasse ab und eilte hinaus.

„Und wenn ich mal 30 bin", sagte Tom düster, „wird sie mich immer noch wie ein Kind behandeln."

„Was willst du denn? Soll Helga dich mit Sie anreden?“

Steil richtete Tom sich auf. Sein grünes Auge blitzte. „Ich bin ein Jüngling, kein Kind.“

Kichernd hielt Locke sich eine Hand vor den Mund. „Dann sieh mal auf die Uhr, Jüngling! Wir wollen rechtzeitig bei der Blitzbuche sein.“

Er beäugte den umfangreichen Chronometer an seinem Handgelenk.

„Hast recht! Brechen wir auf!“

★

Unweit der Autobahn-Auffahrt erstreckten sich Felder. Dahinter wuchs der Stadtforst, zu dem Wege und Straßen führten. Das große Waldgebiet war ein beliebter Tummelplatz der Städter. Zu jeder Tageszeit traf man auf Jogger. Im Winter wurden breite Wege als Langlaufloipen gespurt. Es gab Wildfütterungen und Schutzhütten und – aber ziemlich entfernt – eine Einkehr, die ganzjährig bewirtschaftet war.

Die *Blitzbuche* gehörte zu den markanten Punkten am Waldrand.

Locke und Tom hockten hinter dichten Büschen, wo auch ihre Roller versteckt waren. Mittagshitze brütete über dem Land. Bienen summten. Niemand war in der Nähe.

„Wie spät?“ fragte Locke.

„Zehn vor drei.“ Tom zerklatschte eine Mücke.

„Er kommt.“

Sie wies nach links, wo der Weg in einen Steinbruch abfiel. Von dort quälte sich ein Radfahrer die Steigung herauf.

„Urban ist das nicht“, sagte Tom.

Locke bog einen Zweig zur Seite, um besser zu sehen.

„Du, das ist Claus Bader.“

„Richtig.“

„Tom, mir ist aufgefallen, wie wütend der den Tschilke angestarrt hat. Heute morgen auf dem Pausenhof.“

„Soso."

Bader radelte heran, hatte den Kopf vorgeschoben, spähte. Er fuhr an der Blitzbuche vorbei und sprang vom Rad. Hastig versteckte er es hinter hüfthohen Farnen.

Eine Kamera mit langem Objektiv baumelte ihm von der Schulter. Er atmete schwer, war offensichtlich abgekämpft und blickte jetzt in die Richtung, aus der er gekommen war. Dann rannte er zu einer mächtigen Eiche, faßte den untersten Ast und zog sich hinauf. Gewandt kletterte er weiter und verschwand im grünen Blätterkleid.

„Kneif mich mal!" staunte Locke. „Der hat doch was vor!"

„Wo soll ich dich kneifen?"

„Pst! Esel! Ich meine doch nur . . . "

Sie sprach nicht weiter, denn im Steinbruch klirrte was.

Werner Urban, der ausgemergelte Fixer, kam die Steigung herauf. Er schob sein Rad. Trotzdem lief ihm Schweiß vom Gesicht.

„Jetzt begreife ich", flüsterte Locke. „Bader hat beobachtet, wie Tschilke von Urban angehauen wurde. Und hat sich das Richtige gedacht. Dann beobachtete er Urban und erfuhr dadurch, wann das Treffen stattfinden soll. Und wo! Und um vor ihm hier zu sein, hat er ihn auf dem letzten Stück Weges überholt und abgehängt. Klar?"

„Ich kann ja bis drei zählen."

„Dann errätst du auch, daß Bader das Rauschgiftgeschäft fotografieren will."

„Vielleicht ist der Fotoamateur und wild auf Schnappschüsse."

„Pst!"

Urban näherte sich. Er japste. Sein Gesicht war totenbleich. Offensichtlich hatte das Rauschgift bereits seine katastrophale Zerstörung begonnen. Unter anderm verringert sich dabei das Atemvolumen (*Volumen = Fassungsvermögen*) der Lunge mehr und mehr – bis zur totalen Schwäche und zum Tod.

Er schob sein Rad zur Blitzbuche.

Der Baum lebte nicht mehr, stand aber immer noch aufrecht. Vor Jahren hatte der Blitz ihn gespalten. Die Krone war abgebrochen, aber der dicke Stamm ragte sechs oder sieben Meter in die Höhe. Irgendwer hatte ihn zum Teil mit Zement ausgegossen. Das garantierte, daß die verkohlte Buchenleiche bis auf weiteres senkrecht blieb.

Urban legte sein Rad auf den Boden, griff in die Tasche und zog Geldscheine heraus. Er untersuchte den Stamm und entdeckte ein faustgroßes Astloch, den Zugang zu einer Höhlung, wovon er sich überzeugte, indem er bis zum halben Unterarm hineingriff. Er legte das Geld hinein, stieg auf seinen Drahtesel und rollte in den Steinbruch hinunter.

„Brauchst du Taschengeld?“ fragte Tom grinsend.

„Hier wird nicht geklaut. Außerdem würde Bader uns sehen.“

Zu sehen war von ihm zwar nichts, aber oben in der Eiche bewegten sich Zweige.

„Bestimmt hat er alles fotografiert.“ Locke wechselte vorsichtig die unbequeme Kniehaltung, legte sich auf den Bauch und stützte das Gesicht in die Hände.

Das Versteck hatten sie gut gewählt. Es gestattete vollen Überblick, ohne daß sie entdeckt wurden. Nicht mal Bader aus seiner erhöhten Position konnte sie bemerken.

Zehn Minuten vergingen. Tom vertrieb sich die Zeit, indem er Locke mit einem Grashalm im Ohr kitzelte.

Locke feuerte mit großem Atemaufwand drei Breitseiten Pusteblumen auf ihn ab. Aber die Wolke gewichtsloser Schirmchen brachte ihn – zum Glück – nicht mal zum Niesen.

In der Ferne röhrte ein Sportwagen.

„Porsche!“ sagte Tom.

Danny Tschilke kam nicht durch den Steinbruch, sondern von der anderen Seite, wo eine sandige Straße verlief, befahrbar bis zum Waldrand.

Dreist rollte er bis vor die Blitzbuche. Als er ausstieg, reflektierte (*spiegeln*) sein grün-gelbes Glitzerhemd Sonnenstrahlen. Er hielt ein weißes Kuvert in der Hand, trat zur Blitzbuche, nahm das Geld aus der Höhlung und verstaute den ‚Stoff'. Ohne nachzuzählen, stopfte er das Geld in die Hosentasche.

Als der Porsche wendete, war Vollgas selbstverständlich. Die Reifen wirbelten Sand und Steine auf. Wie unter Hagelschlag flatterten die Büsche, hinter denen Locke und Tom lagen. Rasch versteckten sie das Gesicht zwischen den Armen.

„Das wird er mir büßen!" knurrte Tom. „Fünf Steine sind mir an die Rübe geprallt."

„Was liegst du auch hier rum!" kicherte Locke. „Achtung!"

Das galt Bader.

Der turnte so eilig vom Baum, daß er die letzten drei Meter beinahe im freien Fall zurückgelegt hätte. Auf sicherem Boden angekommen,hetzte er, die Kamera in der Hand, zur Blitzbuche. Er holte den weißen Umschlag hervor, öffnete ihn und überprüfte den Inhalt. Dann legte er alles auf den Boden und fotografierte – dreimal, mindestens. Schließlich stopfte er das Rauschgift in die Blitzbuche zurück. Und kletterte abermals auf die Eiche.

„Tschilke sieht schlechten Zeiten entgegen", meinte Locke. „Er weiß es nur noch nicht. Bader kann ihn nicht leiden – das steht schon mal fest. Der verknipst einen ganzen Kleinbildfilm – für die Beweise. Mit den Fotos wird er zur Polizei gehen. Und damit, Tom, ist Danny Tschilke geliefert. Ein Hundejäger weniger. Mir soll's recht sein."

„Und Rauschgifthandel gehört zu den gemeinsten Verbrechen. Wer anderen Rauschgift überläßt, bringt sie sozusagen nach und nach um. Wird nicht umsonst schwer bestraft."

„Jedenfalls brauchen wir keinen Finger zu rühren. Was Tschilke betrifft, ist jetzt Claus Bader zuständig."

Sie beobachteten, wie Urban zurückkam, seinen ‚Stoff' abholte und sich trollte.

Bader kletterte von der Eiche. Sein mageres Gesicht zeigte einen Ausdruck der Zufriedenheit. Er holte sein Rad aus den Farnen und fuhr in Richtung Stadt.

Locke stand auf und klopfte ihren Rock ab. Tom drang tiefer in die Büsche ein, dorthin, wo die Roller versteckt waren. Er schob beide zum Weg.

Lockes Miene war nachdenklich.

„Jeden Tag ein Dutzend, Tom! Das muß man sich vorstellen!"

„Du denkst an die Tiere, die gestohlen werden?"

„Es geht mir nicht aus dem Kopf. Es ist zu grausig. Und bis jetzt, Tom, haben wir nichts dagegen unternommen. Mag sein, daß Tschilke ins Gefängnis kommt. Aber sein Vater und Edwin – die machen doch weiter."

„Wollen wir draußen in Pesseldorf Wache schieben – und jede Tierlieferung, die der alte Tschilke erhält, überprüfen?"

„Das ist zeitlich unmöglich."

„Was dann?"

„Wie ich dir schon erzählt habe: Tschilke und die Versuchsanstalt von diesem Dr. Mäuchler stehen auf der schwarzen Liste der Tierschützer. Ich wette, hinter den Zäunen des Tschilker Hofs und hinter den Mauern der Versuchsanstalt würden wir die gestohlenen Tiere finden."

„Das ist auch meine Meinung. Aber unsere Überzeugung nützt den armen Viechern nichts."

„Du sagst es." Mit beiden Händen warf Locke ihre Mähne über die Schultern zurück. „Was nützt ihnen? Nur die Freiheit. Das heißt, wir müssen sie rausholen."

Tom saß auf seinem Roller, einen Fuß auf den Boden gestützt. Versonnen sah er über die Felder.

„Schön wär's, Locke. Aber es ist leider unmöglich."

„Meinst du?" Sie stieg in den Sattel. „Davon bin ich nicht überzeugt. Man kann alles, wenn man nur will. Und dort kommen wir rein. Das wäre ja gelacht. Aber wir brauchen Hilfe, nämlich ein geräumiges Transportfahrzeug samt Fahrer. Außerdem müssen wir die Aktion bis ins Kleinste austüfteln. Du, Tom!“ Die Begeisterung ließ ihre Glutaugen aufleuchten. „Daraus wird was. Ich spüre es.“

Er seufzte. „. . . und Unmögliches wird sofort erledigt. Oder wie heißt das?“

„Also abgemacht?“

Er grinste. „Was bleibt mir denn übrig?“

8. Die Zahl auf dem Hunderter

Griechische Musik rieselte aus versteckten Lautsprechern. In der Nische herrschte trauliches Dämmerlicht.

Lämmel war piekfein in Schale, sein Gehirn umnebelt. Den Dunst verdankte er aber nicht dem griechischen Wein, sondern Verenas Nähe machte das. Sie war ein Blickfang.

Das rote Haar war zu einem Zopf geflochten, der ihr lang auf den Rücken hing. Das etwas harte Blau ihrer Augen wurde durch viel Wimperntusche gemildert. Sie war stark geschminkt. Die Natur hatte ihre Wangenknochen betont, was dem Gesicht einen slawischen (*osteuropäischen Völkern zugehörig*) Reiz gab. Sie trug grüne Pluderhosen und eine dazu passende Bluse.

Lämmel hatte seine anfängliche Nervosität überspielt: mit viel Gerede, Komplimenten und ständigem Grinsen.

Inzwischen hatten sie das Essen beendet und waren bereits bei der zweiten Flasche Wein.

Er hielt ihre Hand. Ihre kühlen Augen lächelten.

Ausführlich hatte sie von dem Überfall berichtet und hinzugefügt, daß wohl einige Möglichkeit bestehe, die Täter zu fassen.

„Peinlich ist nur, Fred, wie die Polizei mich verhört hat."

„Dich?"

„Weil ich doch den Job erst seit heute habe."

„Verstehe ich nicht."

„Mir schien, die Bullen denken am Ende noch, ich stecke mit den Bankräubern unter einer Decke."

Das Wort ‚Bullen', die verächtliche Bezeichnung für Polizisten, ging ihr glatt von der Zunge. Lämmel schaute verblüfft.

„Aber das glauben die doch nicht im Ernst. Ist ja lächerlich."

Sie nickte. „Gehen wir noch in die Bar, die du vorgeschlagen hast?"

„Und ob!" Er winkte dem Kellner wegen der Rechnung.

Verena griff nach ihrer Handtasche, schaute in den Spiegel, frischte die Bemalung der Lippen auf und sah zufällig hin, als Lämmel einen Hunderter auf den Teller mit der Rechnung legte.

Der Kellner zählte Wechselgeld ab. Lämmel gab ein großzügiges Trinkgeld. Dann verließen sie das Restaurant. Lämmels gelber Simca parkte in der Nähe.

Sie stiegen ein. Als er den Zündschlüssel ins Schloß schob, legte sie eine Hand auf seinen Arm.

„Was ich dich noch fragen wollte, Fred. Mir war, als hätte ich dich heute gesehen. Warst du in der Stadt?"

Ein kalter Schauer kroch über sein Rückgrat. „Das ist . . . äh . . . nicht gut möglich." Seine Stimme klang heiser. „Ich . . . war den ganzen Tag zu Hause. Habe mich buchstäblich nicht vor die Tür gerührt."

„Aber du hattest Besuch. Jemand hat seine Schulden bei dir bezahlt."

„Wie kommst du darauf?"

Sie lehnte sich zurück. Unverwandt sah sie ihn von der Seite an. Ihre Hände lagen ruhig im Schoß.

„Fred, mich haut's um. Jetzt begreife ich. Also, nein!" Sie lachte. „Wenn ich dich nun frage, wie du an den Hunderter gekommen bist, mit dem du eben bezahlt hast – ich wette, du stotterst rum und weißt keine Antwort. Oder?"

„Der . . . der . . . Hunderter?" Er stotterte tatsächlich. „Wieso?"

„Weil ich genau diesen Schein heute morgen den Bankräubern ausgehändigt habe, Fred. Minuten zuvor hatte ich auf dem Rand eine Zahl vermerkt. Ziemlich klein und mit Kugelschreiber. Dir ist das wahrscheinlich gar nicht aufgefallen. Aber ich habe scharfe Augen. Dieser Schein gehört zur Beute der Bankräuber. Wie bist du an ihn gekommen? Warst du in der Stadt und hast einen 500er eingewechselt? Und diesen markierten Schein als Wechselgeld erhalten? Du warst nicht in der Stadt. Es ist auch niemand zu dir in die Wohnung ge-

Der...der...
Hundesitter?
Wieso?

kommen. Daraus folgt . . . Und jetzt weiß ich auch, Fred, weshalb mir der Bankräuber, der mich bedrohte, irgendwie vertraut erschien. Es war nur so ein Gefühl. Vielleicht, weil sein Gang und seine Bewegung mich an jemanden erinnerten. Du warst es also."

Er war starr wie ein Stück Holz. Sein Gehirn schien gelähmt. Kalter Schweiß sickerte ihm aus den Achseln.

„Fred!" Ihr Lachen klang, als werden Glocken angeschlagen. „Mach nicht so ein Gesicht."

„Verena! Ich . . . ich . . . wußte ja nicht, daß du dort . . . Und . . . überhaupt: Mein . . . äh . . . Kumpel . . . hat mich dazu überredet. Aber nie wieder werde ich . . . Es tut mir leid!"

Er blickte ihr in die Augen. „Wirst du mich anzeigen?"

Sie hob eine Hand und zog den Fingernagel über seine Wange. „Wofür hältst du mich? Für ein Tugendschaf?"

Verstört griff er nach ihrer Hand. Was kam jetzt? Behielt Porczik recht mit seiner Unkerei? Wollte sie nun, da sie Mitwisserin war, ihren Anteil?

„Ihr seid vorgegangen wie ein gut eingespieltes Team *(Mannschaft)*, Fred. Es war nicht euer erster Banküberfall, nicht wahr?"

„Aber . . . der letzte! Das habe ich geschworen. Ich will nicht im Knast landen. Die Coups werden immer gefährlicher, immer riskanter – und die Beute lohnt nicht. Du weißt ja, was du uns rausgereicht hast."

Sie nickte. „Das große Geld liegt nicht in den kleinen Filialen. Aber nur bei denen hat ein Überfall Aussicht auf Erfolg."

„Du . . . verurteilst mich nicht?"

„Ich sagte es doch schon: Hältst du mich für ein Tugendschaf?"

Er atmete auf. Grinsend beugte er sich zu ihr und küßte sie auf die Wange.

„Um ehrlich zu sein, Verena: Soviel Verständnis hätte ich nicht erwartet."

„Du kennst mich noch nicht. Aber ich habe Vertrauen zu dir. Deshalb decke ich meine Karten auf, Fred. Weißt du, warum ich die Stellung gewechselt habe und in die Stadt gekommen bin? Weil mir dort, wo ich zuletzt war, der Boden ein bißchen zu heiß wurde unter den Füßen. Es sind Luftlinie zwar nur 50 Kilometer bis Worshausen. Aber diese Distanz brauchte ich, um mich wieder sicher zu fühlen."

„Ich falle aus allen Wolken. Was hast du denn getrieben?"

Eine Gruppe angeheiterter Gäste kam aus dem Restaurant. Sie lärmten, gaben große Sprüche von sich und gingen dicht am Wagen vorbei. Verena wartete mit ihrer Antwort, bis die Leute um die Ecke verschwunden waren.

„Darauf würdest du nie kommen, Fred. Ich fange Viecher."

„Was?"

„Ich klaue Hunde, Katzen und was ich sonst noch kriegen kann. Seit zwei Jahren mache ich das. Es bringt eine Menge Geld. Aber das ist es nicht allein. Der Spaß kommt hinzu. Ein Reiz, ein Prickeln – für mich ist das wie ein Abenteuerurlaub: aufregend, ein bißchen riskant, immer wieder anders. Ich brauche das irgendwie. Außerdem kann ich Tiere nicht leiden. Ich hasse sie geradezu. Was ist denn dran an einer Katze oder einem Kaninchen! Diese Tierfreunde sind Spinner. Bei denen stimmt's hier oben nicht!" Sie tippte sich an die Schläfe. „Na, und Hunde! Entweder sie kläffen, daß einem die Ohren schmerzen oder sie scheißen die Straßen voll. Von diesen Kötern können gar nicht genug verschwinden."

Lämmel schlug sich auf die Schenkel. „Ganz meine Meinung! Man darf's zwar nicht laut sagen, sonst wird man schief angesehen. Aber ich denke genau wie du. Herrlich! Du klaust also Tiere. Und was wird mit denen?"

„Ich habe einen Abnehmer."

„Der bezahlt dich?"

„Klar. Und es lohnt sich, sage ich dir. In Worshausen hat man mich leider gesehen, als ich einen Dackel aus dem Garten einer alten Tante holte. Habe zwar nochmal Glück gehabt, denn erkannt wurde ich nicht. Aber meine Beschreibung ging rum. Es wäre zu gefährlich gewesen, hätte ich dort weitergemacht."

„Richtig. Und wer bezahlt dich?"

„Ein gewisser Tschilke. Er ist Tierhändler. Wohnt draußen in Pesseldorf. Der kann nie genug Hunde, Katzen, Kaninchen und Meerschweinchen kriegen."

„Macht der Büchsenfleisch draus?"

„Nein." Sie lachte. „Er versorgt Tierversuchsanstalten. Die haben ungeheuren Bedarf. Sind unersättlich. Weil die Versuche nicht nur an einem Tier ausgeführt werden, sondern gleich an Dutzenden oder Hunderten, um zuverlässige Ergebnisse zu erhalten. Davon hast du sicherlich gelesen."

„Hab's am Rande gehört."

Sie nahm eine Zigarette aus ihrer Handtasche. Von ihm ließ sie sich Feuer geben. Dann atmete sie den Rauch tief ein.

„Fred, hättest du Lust, mitzumachen?"

„Warum nicht? Wenn's was bringt! Außerdem - mit dir zusammen. Klar, schon deswegen! Aber meinst du denn, daß ich da noch einsteigen kann?"

„Tschilke wird dich umarmen. Du glaubst nicht, wie dringend der Nachschub braucht. Am liebsten würde er inserieren *(in der Zeitung eine Anzeige aufgeben)*. Aber dann hätten sie ihn gleich am Kragen. Tschilke ist dankbar für jedes Viech, das du ihm bringst. Er braucht Leute, die das machen. Draufgänger, die Mumm in den Knochen haben. Sein Pech ist, daß er sie nicht öffentlich anwerben kann. Bis jetzt sind wir nämlich nur vier, eigentlich nur drei – und das ist viel zu wenig. Hast du noch nicht von den Hundejägern gehört?"

„Doch."

„Das sind wir: ich, Edwin Herbst und Bruno Aspe. Beide sind als sogenannte Tierpfleger bei Tschilke angestellt. Aber den beiden fehlt der Grips, um als Hundejäger groß abzusahnen. Danny Tschilke, der Sohn des Tierhändlers ist ausgebufft. Aber Danny macht nur gelegentlich mit. Er ist Discogänger – was ihn voll ausfüllt – und versorgt auch die Fixer mit Stoff. Was er an Tieren anliefert, zählt kaum. Eigentlich macht er's nur seinem Alten zuliebe. Und weil er, wie wir alle, das Viehzeug nicht leiden kann."

„Mit mir, Verena, kannst du rechnen."

„Großartig. Weißt du noch jemanden, der sich anheuern ließe?"

„Ich könnte mir vorstellen, daß auch mein Kumpel dabei ist. Er heißt Rudi Porczik. Ich kenne ihn seit langem. Wir haben alle Coups zusammen gedreht. Er ist bisher als Penner rumgestreift, was sich als Tarnung bewährt hat. Aber neuerdings wohnt er bei mir."

„Das wäre ja toll. Der alte Tschilke zahlt mir eine Prämie, wenn ich euch beide anbringe. Kannst du nicht gleich mit Porczik reden? Wenn er einverstanden ist, fahren wir heute noch zu Tschilke."

„Daß sich der Abend so entwickelt, mein Schatz", meinte er grinsend, „hätte ich mir nicht träumen lassen."

Lämmel drehte den Zündschlüssel. Der Motor sprang an.

★

Während der großen Pause am nächsten Vormittag schoben Locke und Tom sich witternd wie Jagdhunde durch das Gewurrl der Schüler. Locke speiste eine spätreife Banane, Tom hatte wiedermal Leberwurst auf dem Frühstücksbrot. Mit-Ha wußte, daß er die mochte – allerdings nicht Tag für Tag und Woche für Woche. Werde ich ihr ganz nebenbei mal verklickern, beschloß er, daß etwas Abwechslung nicht schadet.

„Da ist er." Locke blieb stehen.

Der Blick ihrer Glutaugen zeigte die Richtung an. Nämlich zur Ulme. Claus Bader stand dort. Es schien, als frühstücke er.

Bei näherem Hinsehen erkannte Locke freilich, daß er nur an den Nägeln kaute. Er wirkte nervös.

„Und Danny Tschilke", sagte sie leise, „ist immer noch auf freiem Fuß. Verstehst du das, Tom? Sieh ihn nur an."

Tschilke, umringt von seinen öden Mitläufern, stand auf der selben Stelle wie gestern. Heute trug er ein schwarzes Hemd mit Silberfäden. An den Schläfen hatte er sich etwas Grün ins Haar gefärbt. Ob er das für schick hielt oder Bienen damit anlocken wollte, blieb unerfindlich. Jedenfalls gab er sich locker, heiter und großspurig wie immer. Daß er Ärger hatte mit der Polizei, war ausgeschlossen.

„Da ist noch nichts gelaufen", sagte Tom.

„Warum zögert Bader?"

„Fragen wollen wir ihn lieber nicht. Diese Sache ist seine Sache."

„Klar. Und . . . Ach so! Natürlich! Jetzt weiß ich's" Mit beiden Händen griff sie in ihre braune Mähne. Der sah man an, daß sie morgens und abends mit mindestens 100 Bürstenstrichen gepflegt wurde. „Bader will den Film erst entwickeln und der Polizei dann die fertigen Fotos bringen. Deshalb die Verzögerung."

„Hm. Er hätte auch den Film abgeben können."

„Woher will er wissen, ob die Fotos geworden sind. War doch ziemlich schattig unter den Bäumen."

„Kannst recht haben."

„Bestimmt. Pst!"

Sie zischte nur leise, denn Leo Sivert und Pamela Klein – nette Klassenkameraden – waren schon nahe, traten eben in Hörweite, gesellten sich zu ihnen. Pamela hatte eine große Tüte Kirschen mit und bot allen an. Sie wäre gern Lockes ‚beste Freundin' gewesen, hätte aber mit deren Wirbelwindtemperament nicht mithalten können. Die Abenteuer, zu denen es Locke drängte, hätten die empfindsame Pamela überfordert. Das hielt eben nur ein Junge aus – und auch nur dann, wenn er so stabil war wie Tom.

Leo Sivert war mit Tom locker befreundet. Das gemeinsame Interesse am Gitarrespielen brachte sie bisweilen zusammen. Wenn sie dann – in Toms Bude – gemeinsam in die Saiten griffen, türmte Nicki in den entferntesten Winkel des Hauses, wo er sich mit seinen dicken Pfoten die Schlappohren zuhielt. Nicht, weil die Jungs schlecht gespielt hätten. Nicki war nun mal, was Musik betraf, äußerst geräuschempfindlich. Einen Schlagzeuger hätte er in den Garten geschleppt und im Mistbeet verbuddelt.

Während die vier zusammen gluckten, hatte Locke immer einen wachsamen Blick für Bader und Tschilke übrig. Ihr entging nicht, daß Tschilke von Bader beobachtet wurde. Doch das war schon alles.

Nach der Schule sagte sie zu Tom: „Also, sobald ich alles zusammen habe, rufe ich an. Du bist zu Hause, klar!"

Er grinste. „Deinem Befehl, Nina Rehm, würde ich mich niemals widersetzen."

Sie standen, startklar mit ihren Rollern, am Schultor. Die Menge der Schüler ergoß sich zur Straße. Dennoch beugte sich Locke zu Tom, und ihre Lippen streiften seine Wange.

„Bis nachher, Engelbert!"

Sie stieg auf und rollerte mit wehendem Haar an einer Gruppe Jungs vorbei. Einige glotzten begehrlich, andere neidvoll zu Tom. Einer aus der 12. Klasse kommentierte*(erläutern)* fachkundig: „Dufte Biene, die Maid. Das wird mal 'ne Wucht. Viel zu schade für . . . Ach so, das ist ja der Conradi. Dann will ich nichts gesagt haben", trat er den Rückzug an.

Leo Sivert schlug Tom auf die Schulter. „Und wieder 'ne Stelle im Gesicht, die du jetzt nicht mehr waschen kannst, wie?"

„Nur kein Neid! Du würdest doch im Krebsgang die Stadt umrunden, wenn sie dich dafür küßt."

„Nicht nur ich!" lachte Leo.

Währenddessen rollerte die derart Hochgeschätzte nach

Hause. Auf der Schiefertafel war keine Eintragung, im Kühlschrank nichts, was ihren Appetit angeregt hätte. Helena, genannt Mausi, wurde versorgt und durfte an ihrer Strippe klettern. Dann stellte Locke sich vor den Spiegel, hob die Arme und beäugte ihr Profil. Ihr fiel ein, daß man von Milch allein nicht leben konnte.

Sie sah auf die Uhr. Noch war Mittagszeit. Also denn . . .

Sie nahm einen ihrer Strohhüte, den mit dem blauen Band, verließ das Haus, verstaute Schlüssel und Krimskrams in ihrer Umgängetasche und rollerte zu den ‚Drei Mohren'.

Das Wirtshaus war in der Nähe. Gunter und Mike schätzten es wegen herrlicher Biere vom Faß. Sie duzten den Wirt, einen beleibten Kochkünstler, der sein urig *(urtümlich)* eingerichtetes Lokal für jeden Geldbeutel offen hielt.

Studenten, die die Zeche abgezählt in der Tasche hatten, trafen sich hier ebenso wie Künstler von Bühne und Film, Journalisten und Maler, Stadträte und bekannte Geschäftsleute. Jeder, der gern gut aß, war irgendwann mal dabei.

Für Tochter und Sohn hatte Gunter Rehm einen Mittagstisch abonniert *(auf Dauer bestellen)*. Da keine Mutter vorhanden war, blieb das die einzige Möglichkeit, beide täglich mit einer warmen Mahlzeit zu versorgen. Denn weder Locke noch ihr Bruder wären bereit gewesen, für sich selbst oder zwei zu kochen. Freilich – vom Drei-Mohren-Mittagstisch machte Locke nur unregelmäßig Gebrauch; und auch Mike war weit öfter des Abends mit seinem Vater auf ein Bier da als mittags zum Speisen.

Im Mohrenstüberl, einem der Nebenräume, bediente Mr. Jennings. Er war Engländer, hatte in Oxford Sprachen studiert und dann in berühmten Hotels rund um die Welt gearbeitet, ehe er hier – ruhiger und älter geworden – die Stellung des Oberkellners ausfüllte. Er war die rechte Hand des Chefs und – auch für die Gäste – unersetzlich.

Er begrüßte Locke mit freundlichem Händedruck, sagte, sie sähe wieder reizend aus, und hatte – trotz Überfüllung –

einen Zweiertisch für sie. Auf seine Empfehlung nahm sie die große Salatplatte mit Ei. Milch war zwar auf der Getränkekarte nicht vermerkt, aber für Locke immer vorhanden.

Ihre Mahlzeit schmeckte großartig. Die Salate waren knackfrisch, das Dressing *(Soßen)* gekonnt.

Nach dem Essen band sie ihren Hut fest und rollerte zum Pressehaus.

Das hochmoderne Gebäude war ganz aus Glas und Stahl, stand im Zentrum der Stadt und wurde auf der Südseite von tosendem Straßenverkehr umspült. Die Nordseite gehörte bereits zu einer Fußgängerzone. Dort hallten nur Schritte, und ein hübsches Café hatte sich mit Stühlen und Tischen auf die Straße ausgedehnt.

Vom Wärter der Tiefgarage bis zum Portier – jeder kannte Locke. Im unterirdischen Autosilo durfte sie ihren Roller neben Rehms Saab abstellen. Dann fuhr sie mit dem Lift in die siebte Etage.

Im Vorzimmer saß Melanie Frühauf, eine nicht mehr ganz junge, aber sehr gepflegte Dame, deren Zuverlässigkeit als Redaktionssekretärin sprichwörtlich war. Für Gunter Rehm, ihren Chef, hätte sie sich ein Bein ausgerissen. Daß sie heimlich verliebt in ihn war, wußte jeder im Haus. Nur Melanie glaubte, es sei allein ihr süßes Geheimnis. Die Zusammenarbeit litt nicht unter ihrer stillen Schwärmerei. Wußte Melanie doch, daß Gunter Rehm bei Helga Conradi in festen Händen war. Das hinderte sie, Melanie, freilich nicht daran, ihn zu bewundern und von ihm zu träumen. Gunter behandelte sie freundlich, hielt aber Distanz.

„Hallo, Locke! Sieht man dich mal wieder?“ freute sich Melanie.

„Tag, Frau Frühauf. Oh, ist das eine schicke Bluse!“

„Habe ich mir selbst genäht.“

„Nicht zu glauben! Sieht aus wie ein Modell aus der teuersten Boutique. Ist wer bei Papi drin?“

Die Tür zu Rehms Redaktionsbüro war geschlossen.

„Dr. Schüler. Aber ich glaube, es dauert nicht lange."

Im selben Moment öffnete sich die Tür, und Dr. Schüler – ein zwergiger Mann mit wallendem Haar – kam heraus. Er war der dienstälteste Redakteur und erzählte stets und ständig, daß Journalisten in seiner Jugend viel härter gearbeitet hätten. Mittlerweile – er ging auf die siebzig – nahm ihn niemand mehr ernst. Von ihm wurde behauptet, daß er einen seiner Querbinder, die sogenannte Fliege, auch im Bett trage. Jedenfalls hatte man ihn noch nie ohne gesehen.

Indem er sich tief verbeugte, begrüßte er Locke mit einem Handkuß. „Welche Freude, daß uns allerschönste Prinzessin beehren."

„Diese Huld, lieber Doktor, gewähre ich nur der Lokalredaktion."

Sie hörte, wie ihr Vater im Nebenraum lachte.

Dr. Schüler verschwand unter ständigen Verbeugungen.

„Ihr Diener, Prinzessin. Verfügen Sie über mich. Was auch immer Sie benötigen."

„Ich werde mich Ihrer erinnern, edler Ritter."

Der edle Ritter lächelte verschmitzt, ehe er die Tür von außen schloß. Locke ging zu ihrem Vater hinein und rieb ihre Nase an seiner Wange.

Sein Schreibtisch war mit Manuskripten *(der verfaßte, aber noch ungedruckte Text)* übersät.

„Na, Töchterchen?" Er lächelte. „Willst du mal kontrollieren, ob ich auch fleißig bin. Oder brauchst du Geld?"

„Daß hier nicht gearbeitet wird, weiß ich doch längst. Und Geld – ph! Was ich haben will, klaue ich mir."

„Haben Sie das gehört, Frühauf?" rief er.

„Sie wird bestimmt mal eine gute Journalistin", antwortete die Sekretärin.

„Meine beruflichen Interessen", schwindelte Locke, „sind aber ganz anders gelagert. Ich schwanke noch zwischen Wahrsagerin, Eisbärdompteuse *(Dompteuse = Tierbändigerin)* und Schrankenwärterin bei der Bahn."

„Und sowas besucht das Goethe-Gymnasium", seufzte Rehm.

Lachend nahm Locke ihren Hut ab. Sie setzte sich in den einzigen und ziemlich verschlissenen Clubsessel und hängte die Beine über die Lehne.

„Papi, ich brauche deine Hilfe."

„Also doch, ich höre."

„Du hast bestimmt eine Liste mit den Tierdiebstählen der . . . sagen wir: letzten zwei Monate."

„Hm. Könnte sein. Wozu?"

„Tom und ich wollen die Augen offen halten. Vielleicht begegnet uns irgendwo ein gestohlener Vierbeiner."

„Und sonst habt ihr nichts vor?"

„Vielleicht doch. Ehrenwort, daß du's dann als erster erfährst. Vielleicht wird's eine brandheiße Meldung für den Lokalteil."

„Oh weh!"

„Was wollt ihr denn anzetteln?" rief Melanie aus dem Vorzimmer.

„Ist noch streng geheim", sagte Locke. „Jedenfalls brauche ich eine Liste, aus der hervorgeht, was für ein Tier gestohlen wurde und wer der Besitzer ist."

„Also gut!" nickte Rehm.

Während der nächsten Viertelstunde studierte Locke eine erschreckend lange Liste.

Zwei Anschriften notierte sie sich: die einer Senta Lehmann, Übersetzerin; und eines H. H. Alderich Finke. Beiden hatte man Hunde gestohlen: einen halbjährigen Dalmatiner-Bullterrier Mischling und einen Mischling aus Chow-Chow und Pinscher.

Solche Kunterbunt-Vierbeiner sind leicht wiederzuerkennen, dachte Locke, während sie den Zettel in ihre Tasche schob.

9. Verfolgung durch den Park

Als Locke bei Tom ankam, war ihr Freund nicht zu Hause.

„Aber er muß gleich wieder kommen", tröstete Mit-Ha. „Ist schon seit einer Stunde mit Nicki spazieren."

Locke setzte sich in den Garten, brauchte aber nur kurze Zeit zu warten. Tom trabte die Straße herunter, Nicki an langer Leine neben ihm her. Der Hund trug einen Teil der Leine im Maul und es war durchaus nicht klar, wer hier wen führte.

Tom war erhitzt. Die Arme zeigten ein Ornament *(Muster)* zarter Kratzspuren.

„Ich kann's ihm nicht abgewöhnen", seufzte er. „Wenn er mir zeigen will, wie sehr er mich mag, schnappt er sich einen meiner Unterarme und kaut liebevoll darauf rum."

Locke kicherte, während sich Nicki, winselnd vor Freude, aufgerichtet hatte und ihr das Gesicht lecken wollte.

Nach beendeter Begrüßung wurde er ins Haus gebracht, und Tom holte seinen Roller.

Locke zeigte ihm die Adressen. „Der eine Diebstahl liegt zwei Wochen zurück. Der andere war am Freitag."

„Das heißt", nickte Tom, „die Hunde können noch leben."

„Schlimmstenfalls sind sie schon in der Versuchsanstalt von diesem Dr. Mäuchler. Hauptsache ist, die Lehmann und Finke haben Fotos ihrer Lieblinge. Na, wir werden sehen."

Senta Lehmanns Adresse lag näher. Es war ein bescheidenes Reihenhaus mit Blumenkästen vor den Fenstern. Locke klingelte.

Die Frau, die ihnen öffnete, war jung, hatte aber schon graue Fäden im dunklen Haar. Es war mit einem bunten Tuch zum Pferdeschwanz zusammengebunden. Sie trug Jeans, die unten abgeschnitten waren, und eine kittelartige Bluse. Sie war barfuß und hatte ein sympathisches Gesicht mit großen Augen.

„Guten Tag! Wir wollen zu Fräulein Lehmann."

„Ja, bitte?"

„Ich heiße Nina Rehm. Das ist mein Freund Tom Conradi. Uns empören die Tierdiebstähle, die ja jetzt immer häufiger vorkommen. Wie wir hörten, sind auch Sie betroffen. Deshalb wollten wir mit Ihnen sprechen."

Senta Lehman nickte. Ihre Augen wurden feucht. „Ich habe Himmel und Hölle in Bewegung gesetzt, um meinen Eros wiederzukriegen. Habe inseriert, sogar eine Belohnung ausgesetzt. Vergebens. Kommt rein."

Locke und Tom wurden in einen Wohnraum geführt, der wohl auch als Arbeitszimmer diente. Der Schreibtisch war überladen, in die elektrische Schreibmaschine ein Blatt eingespannt. In der Ecke unterm Fenster stand ein großer, ausgepolsterter Hundekorb. Ein zerlegter Turnschuh, ein halber Knochen aus Büffelleder und ein Tennisball lagen darin.

„Ihr Eros ist ein Dalmatiner-Bullterrier-Mischling", sagte Locke, „und sechs Monate alt. Haben Sie ein Foto von ihm?"

„Mehrere."

„Könnten Sie uns eins überlassen?" Locke bemerkte den fragenden Blick der Frau und erklärte: „ Wir haben eine Aktion vor. Und müssen Sie bitten, darüber zu niemanden zu reden. Es besteht nämlich Verdacht – begründeter Verdacht, daß die gestohlenen Hunde zu bestimmten . . . Adressen gebracht werden. Dort wollen wir uns umsehen. Es handelt sich um einen Tierhändler und um eine Tierversuchsanstalt. Wenn wir dort gestohlene Hunde entdecken, kann die Polizei eingeschaltet werden. Vielleicht wird dadurch die ganze Bande der Hundejäger – es muß eine Bande sein – entlarvt. Wir . . ."

„Das habt ihr vor?" Senta Lehmanns Augen waren noch größer geworden. „Großartig! Ich bewundere euch. Aber seid euch im klaren: Von den Behören habt ihr keine Unterstützung zu erwarten. Für die meisten Bürokraten *(beamtischer Kleinigkeitskrämer)* ist ein Tier eine Sache und sonst nichts. Da rührt sich kein Finger."

„Eben drum!" nickte Locke. „Es wird viel zu wenig getan. Deshalb wollen wir uns einsetzen. Es gibt andererseits – Gott sei Dank! – viele Tierschützer, die kein Opfer scheuen. Aber was wir vorhaben – jedenfalls ist es besser, wir ziehen da niemanden hinein."

„Ihr braucht also ein Foto?"

„Damit wir Ihren Eros erkennen. Wir haben zwei Hunde ausgewählt, die sich deutlich von anderen unterscheiden – Mischlinge, die sicherlich unverwechselbar aussehen: Ihren Eros und einen Chow-Chow-Pinscher namens Othello *(Titelheld bei Shakespeare)*."

Senta Lehmann faltete die Hände, als wollte sie beten. „Wenn ich meinem Eros wieder bekäme – dafür würde ich sonstwas geben."

„Versprechen können wir nichts", dämpfte Tom die Erwartung. „Aber wir tun unser Bestes."

„Natürlich! Verstehe!" Sie wischte sich Tränen aus den Augen. Dann holte sie die Fotos.

Tom sah den beiden über die Schulter. „Prächtig!" meinte er. „So einen Mischling sollte man weiterzüchten."

Eros hatte den schweren Schädel des Bullterriers, wie auf allen Fotos deutlich zu sehen war, und die elegante Figur des Dalmatiners. Das weiße Fell wies kräftige schwarze Tupfer auf. Dunkel war auch das linke Auge eingefaßt.

Locke wählte ein Foto aus und steckte es in ihre Umhängetasche.

„Bitte, verständigt mich sofort, wenn ihr etwas über Eros erfahrt", bat Senta Lehmann, als sich die beiden verabschiedeten.

H.H. Alderich Finke, ein Pensionär, wohnte in einem südwestlichen Vorort, einem Nobelviertel, das den Reichsten der Reichen vorbehalten war. Die Gegend war hügelig. Parks, in denen Villen standen – von denen einige wie jahrhundertealte Prachtbauten ehemaligen Landadels aussahen –, prägten das Bild.

„Dort hätte ich nur Rassehunde vermutet, deren Stammbaum bis zum Schoßhund Karls des Großen zurückgeht", sagte Locke. „Daß Finke eine Promenadenmischung namens Othello hatte, spricht für den Mann."

„Ist ziemlich weit bis dorthin." Tom bewegte die Lippen, als zuzzele er an einem Strohhalm. „Am besten, wir fahren am Professor-Adam-Park vorbei. Da ist auch ein Supermarkt. Ich verdurste nämlich bald. Bin mit Nicki fast nur gerannt, und danach habe ich nichts mehr getrunken."

„Dann kannst du mich zu einer Tüte Milch einladen."

Sie rollerten zum Supermarkt. Er lag in einer stillen Straße, die am Park verlief, und war die kleinste Zweigstelle einer großen Ladenkette. Die Leute aus dem Viertel kauften hier, ältere Leute meist, denen der Weg in die turbulente Innenstadt zu weit war.

Es war immer noch sehr heiß. Im Westen hinter der Stadt baute sich eine Gewitterwand auf. Vielen setzte die Schwüle zu. Im Professor-Adam-Park regte sich kein Lüftchen. Die Blätter an Büschen und Bäumen schienen erstarrt.

Vor dem Supermarkt parkten einige Fahrzeuge. Tom stellte seinen Roller auf die Raststütze.

„Kakaotrunk, Locke? Oder einfach nur Kuhsaft?"

„Kuhsaft pur."

Er nickte. „Paß auf meinen Hirsch auf. In dieser Gegend werden nicht nur Hunde geklaut."

„Ich werde ihn mit Klauen und Zähnen verteidigen."

„Es genügt völlig, wenn du im Falle eines Diebstahlversuchs laut um Hilfe rufst: Tooom, Hiiilfe."

„Wenn du dich etwas beeilst, wird es zu keinem Zwischenfall kommen."

Tom grinste und ging in den Supermarkt. Locke rückte ihren Strohhut zurecht.

Dann sah sie den Pudel. Es war ein kleiner, schwarzer Rüde mit gelocktem Krönchen. Am Fahrradständer war er angebunden, und er stand ein ganzes Stück vom Eingang entfernt. Weshalb Herrchen oder Frauchen den Hund dort zurückgelassen hatte, war offensichtlich. Eine mächtige Linde spendete Schatten. Und zwar nur dort. Vor dem Eingang und über den Parknischen kochte die Luft.

Heiß war es trotzdem für den Kleinen. Er hechelte, obwohl er artig wartete und den Eingang nicht aus den Augen ließ.

Ist der goldig! dachte Locke amüsiert. Sie beobachtete ihn.

Und ihrer Aufmerksamkeit verdankte der kleine Hund sein Leben. Denn Schicksal oder Zufall richteten es ein, daß jetzt und hier sich die Wege zweier Widersacher kreuzten, obschon sie, die Widersacher, sich bis jetzt noch nicht kannten.

Aus dem Park trat ein Mann.

Locke bemerkte ihn aus den Augenwinkeln. Aber er war kein Typ, für den ein hübscher Teenager einen zweiten Blick übrig hat.

Er überquerte die Straße.

Locke zog ihren Strohhut in die Stirn, lockerte mit den Händen das Haar und sah zum Eingang.

Hinter der Glasfront waren drei Kassen. Doch der Andrang der Kunden schien sich sehr in Grenzen zu halten. Nur an einer Kasse saß eine Kassiererin. Tom war nicht zu sehen. Vielleicht konnte er sich nicht entscheiden, ob er Mager- oder Vollmilch kaufen sollte.

Locke sah wieder zum Pudel hin und war augenblicklich hellwach.

Der Mann – nein, der Kerl, der aus dem Park gekommen war – näherte sich dem Hund.

Er trug einen Bergsteigerhut, der über und über mit Abzeichen besteckt war. Die Krempe beschattete ein hartes, braungebranntes Ledergesicht. Gekleidet war der Kerl wie ein Penner: zerlumpt.

Er trat zu dem Pudel.

Locke hörte, wie er beruhigend murmelte. Aber die Entfernung war zu groß, um die Worte zu verstehen.

Er bückte sich und kraulte den Hund hinterm Ohr. Mit der anderen Hand hielt er ihm etwas hin, das wie ein Stück Wurst aussah. Der Pudel nahm es und fraß.

Außer Locke war niemand in der Nähe. Der Kerl sah kurz zu ihr her und schien sie als ungefährlich einzustufen. Denn jetzt bückte er sich. Seine Hand griff zum Karabinerhaken, der Lederleine und Halsband zusammenhielt.

„Halt!" schrie Locke. „Was tun Sie da? Hände weg von dem Hund!"

Der Motor ihres Rollers heulte auf. Fast daß die Reifen durchdrehten, als sie über den Gehsteig kurvte, an drei, vier parkenden Autos vorbeisauste und erst vor dem Fahrradständer bremste.

Der Pudel sprang zurück, soweit es seine Leine erlaubte, an der er zum Glück noch hing.

Der Penner hatte sich aufgerichtet. Wütend starrte er Locke an. In den Zügen stand Gemeinheit, Bösartigkeit in den Augen.

„Sie wollten den Hund stehlen", ihre Stimme kickste. „Ich habe es beobachtet. Sie wollten ihn stehlen."

„Bist du übergeschnappt?" brüllte er. „Hast du 'nen Sonnenstich unter deinem komischen Hut? Ich und stehlen? Werde ich wohl noch einen Kö . . . einen Hund streicheln dürfen, was?"

„ Sie wollten ihn losmachen. Sie hätten ihn gepackt und mitgenommen. Mit einem Stück Wurst haben Sie ihn vorher beruhigt. Der Fall liegt klar. Und die Polizei wird mir recht geben."

„Polizei?" Drohend trat er einen Schritt auf sie zu. „Verschwinde, du Kröte! Sonst schmiere ich dir eine."

„Ich werde nicht verschwinden. Und auch Sie werden hier bleiben, bis die Polizei kommt. Vielleicht sind Sie einer der Hundejäger, dann . . ."

„Sei ruhig! Oder ich schlage zu."

Himmel! dachte sie. Die Polizei muß verständigt werden.

SUPERMARKT

Wo bleibt Tom? Ich kann hier nicht weg. Andererseits – festhalten kann ich ihn auch nicht. So ein Mist!

Sie blickte zum Eingang. Kein Tom zu sehen.

„Sie kommen jetzt mit in den Supermarkt", befahl sie. „Die Polizei wird verständigt, damit Ihre Personalien . . ."

Wahrscheinlich war es das Wort Polizei, das den Kurzschluß auslöste. Locke selbst hätte es nicht für möglich gehalten. Sie war gewöhnt, daß Jungs – und auch Männer – ihr Komplimente machten, sie mit Blicken bewunderten und sich stets von der besten – männlichen – Seite zeigten. Prügel hatte ihr noch niemand angeboten. Und daß gar versucht wurde, diese Roheit in die Tat umzusetzen, war unfaßlich.

Aber Rudi Porczik – natürlich war es Rudi Porczik – drang mit erhobener Faust auf sie ein.

„Tooom! Hiiilfe!"

Entsetzt sprang sie auf der abgewandten Seite vom Roller. Er fiel um und dem Kerl vor die Füße. Aber Lockes Sandale hatte sich an der Raststütze verfangen. Ihr Bein wurde mitgerissen. Sie stürzte.

Kläffend sprang der Pudel hin und her. Der Penner warf sich herum. Offenbar hatte er begriffen, daß außer Schwierigkeiten nichts zu holen war. Er rannte über die Straße. Gerade als er im Park verschwand, kam Tom aus dem Supermarkt.

„Hast du geru . . ."

Verblüfft sah er sich um. Dann entdeckte er seine Freundin, die sich in diesem Moment vom staubigen Boden erhob. Sie hatte ihren Hut verloren. Am nackten Ellbogen war die Haut zerschunden. Es schmerzte. Sie wollte es nicht – aber ihr traten Tränen in die Augen. Auch vor Empörung.

„Tom! Dort! Der Kerl da im Park. Der Vagabund! Das ist ein Hundejäger. Er wollte den Pudel stehlen."

Aus seiner Position sah Tom keinen Pudel. Autos verdeckten ihn. Aber Lockes Mitteilung genügte.

Wie ein Stromstoß durchzuckte es ihn. Von dem Kerl sah

er nur noch eine Bewegung hinter Büschen. Der Vorsprung war groß. Der Park bot Verstecke. Also nichts wie hinterher!

Zwei Getränketüten – eine mit Frucht-, die andere mit Kuhsaft gefüllt – prallten auf den Asphalt und überlebten das nicht. Sie platzten auf. Milch mischte sich mit Orange, während Tom wie ein Cowboy in den Sattel sprang.

Er startete mit heulendem Motor. Die Straße war frei. Er preschte hinüber. Und ab in den Park! Dort war – als einzige Weise, sich fortzubewegen - spazierengehen erlaubt. Nicht mal Radfahrer durften hinein. Aber Tom sauste über die kiesbestreuten Wege, daß Tauben und Spatzen entsetzt in die Bäume flüchteten.

Wo war der Hundejäger? Dort hinten lief er.

Ein alter Mann humpelte am Stock und war so taub, daß er Tom – der von hinten nahte – nicht hörte.

Tom riß seinen ‚Hirsch' auf den gepflegten Rasen. Abgefetzte Büschel wirbelten in die Luft. Halsbrecherisch umrundete er den Opa, der von allem nichts merkte. Dann kurvte Tom auf den Weg zurück und raste an einer Bank vorbei. Zwei Frauen saßen dort und aßen Kuchen aus einer Tüte. Offenen Mundes starrten sie ihm nach. Die eine verschluckte sich. Hustend versprühte sie Blätterteig mit Kirschfüllung.

„Unerhört, diese Halbstarken!" rief die andere. „Man ist ja seines Lebens nicht mehr sicher."

Er hat mich bemerkt, dachte Tom. Er sah, wie der Penner über einen Graben sprang, sich umschaute, sofort auf eine Buschgruppe zuhastete und mit einer Hand seinen Hut festhielt.

Der Graben stoppte Tom. Er mußte halten, absteigen, den Roller hinüberheben. Dann sauste er weiter. Er umrundete die Buschgruppe . Dahinter war der Park zu Ende. Ein Radweg trennte ihn von der Straße. Leitplanken bildeten das nächste Hindernis.

Ein Pulk radelnder Freizeitsportler kam von links. Tom hielt. Wo zum Teufel war der Hundejäger?

Drüben auf der Straße setzte sich ein Wagen in Bewegung: ein gelber Simca. Zwei saßen drin. Aber Tom sah sie nur von hinten. Der auf dem Nebensitz nahm in diesem Moment seinen Hut ab und duckte sich. Der Wagen beschleunigte. Das Kennzeichen war nicht zu erkennen, der Vorsprung betrug schon 400 Meter, mindestens; es war aussichtslos.

Tom sah, wie der Simca hinter der nächsten Kreuzung verschwand, hievte dann seinen Roller mit viel Mühe über die Leitplanke und fuhr vorschriftsmäßig, indem er die Straße benutzte, zum Supermarkt zurück.

Ein Streifenwagen parkte dort. Locke redete mit zwei Polizisten. Sie trug wieder ihren Strohhut. Das Gesicht glühte vor Empörung. In den Glutaugen loderten kleine Lichter.

Eine ältere Dame stand dabei. Sie hielt ihren Hund, den schwarzen Pudel, auf dem Arm.

Locke wies in Toms Richtung, und alle Gesichter wandten sich ihm zu.

Er stoppte und schaltete den Motor aus.

„Du hast ihn nicht erwischt", stellte Locke fest. „Schade! Die Herren von der Polizei kamen zufällig vorbei. Zehn Minuten eher – und dieser gemeine Hundejäger stünde jetzt in Handschellen da."

Der ältere Polizist lächelte. „Naja, hm. Immerhin – daß der Verdächtige sofort die Flucht ergriff, scheint Ihre Beobachtung zu bestätigen, Fräulein Rehm. Und die Beschreibung, die Sie uns gegeben haben", er klopfte auf ein dickes Notizbuch, das er in einer Hand hielt, „wird nützlich sein."

„Hoffentlich!" sagte Locke. „Es war einer der Hundejäger, und er wollte mich schlagen. Ein Verbrecher ist das. Hast du ihn aus den Augen verloren?" wandte sie sich an Tom.

„Er hatte zuviel Vorsprung. Mit dem Roller konnte ich die Hindernisse nicht so schnell nehmen wie er. Auf der anderen Seite des Parks ist er in einen gelben Simca gestiegen. Da saß noch einer drin. Nein, das Kennzeichen konnte ich nicht erkennen", nahm er die Frage der Polizisten vorweg.

„Ihre Adresse haben wir, Fräulein Rehm." Der Ordnungshüter wedelte mit seinem Notizbuch. „Falls wir des Verdächtigen habhaft werden, verständigen wir Sie. Jedenfalls war es sehr beherzt, wie Sie eingegriffen haben. Aber Vorsicht in Zukunft. Die Kerle sind gewalttätig. Heute morgen wurde im Vorort Rotbeeren ein Foxterrier getötet – bei dem Versuch, ihn zu stehlen. Der unbekannte Täter hat ihn erschlagen. Weil sich das Tier wehrte und laut bellte."

„Schrecklich!" flüsterte Locke. Ihr war elend zu Mute.

Die Polizisten verabschiedeten sich. Der Streifenwagen fuhr ab.

Locke stellte Tom der Frau vor. Sie hieß Hinrichs und war vor Schreck noch wie gelähmt. Aber immer wieder bedankte sie sich.

„Indem Sie auf Ihren Loftus", daß er so hieß, hatte Locke inzwischen erfahren, „noch besser aufpassen, Frau Hinrichs. Es hätte nur wenig gefehlt, und er wäre für immer verschwunden gewesen. Und wissen Sie, was man ihm dann beschieden hätte: ein schreckliches Ende in einer Tierversuchsanstalt. Denn die Hundejäger, wie Sie sicherlich wissen, stehlen die Tiere, um sie dorthin zu verkaufen."

„Nie . . . nie wieder lasse ich meinen Loftus unbeaufsichtigt", stammelte Frau Hinrichs.

★

Danny Tschilke fand eine Parklücke am Straßenrand und lenkte seinen Porsche hinein.

Schräg gegenüber war das Café *Jahrhundertwende,* ein beliebter Treffpunkt in der Innenstadt.

Tschilke grinste sich im Rückspiegel an, strich nochmal über die Haare und stieg aus. Er trug ein weißes Jackett und war neugierig. Neugierig auf Claus Bader. Was hatte der Spinner am Telefon gesagt? ‚Entweder, Tschilke, du bist punkt vier Uhr in der *Jahrhundertwende,* oder du sitzt heute abend hinter Gittern.'

Hm. Der kam sich wohl großartig vor, dieser Streber.

Tschilke kannte ihn kaum. Daß er, Tschilke, sich jetzt folgsam hierher bemühte, beruhte größtenteils auf Neugier. Was wollte der Spinner? Aber auch deutliches Unbehagen mischte sich dazu. Das entsprang dem ständig schlechten Gewissen. Wußte Tschilke doch selber am besten, was er auf dem Kerbholz hatte. Freilich – an seinen Rauschgifthandel dachte er im Moment überhaupt nicht, er lief ja nur nebenher. Als Angabe.

Eher war zu befürchten, daß man ihn beobachtet hatte, als er vorgestern drei Junghunde – Schäferhundwelpen – aus einem Geländewagen mitgehen ließ. Der hatte hinter dem Schwimmbad unter einem schattigen Baum geparkt. Niemand war in der Nähe gewesen, und Tschilke hatte kurzerhand die Heckklappe aufgebrochen. Das Gesicht hatten ihm die Viecher geleckt, als er sie in den Porsche stopfte. In der Zeitung hatte es erst heute gestanden.

Mal hören, was anliegt, dachte er – und betrat das Café.

Es war im Stil der Jahrhundertwende eingerichtet – ein bißchen plüschig, sozusagen mit künstlichem Staub. Es gab drei Räume, die ineinander übergingen. Wegen des schönen Wetters war wenig Betrieb.

Er entdeckte Claus Bader sofort. Der saß im mittleren Raum an einem Tisch im Hintergrund und trank Tee.

Tschilke trat zu ihm. Geringschätzig blickte er auf den anderen hinab.

„Du hast Glück, Bader, daß ich hier zufällig mit Freunden verabredet bin. Nachher. Deinetwegen wäre ich nicht angetanzt. Oder glaubst du, ich springe, wenn du pfeifst, du Armleuchter."

„Ja, das glaube ich. Setz dich, Tschilke!"

Tschilke blieb stehen. „Was willst du?"

„Setz dich. Du sollst dir was ansehen."

„Also schön." Er ließ sich nieder.

Bader öffnete eine Kollegmappe, die vor ihm auf dem

Tisch lag, nahm einen Stapel Schwarzweiß-Fotos heraus und schob sie Tschilke hin.

Der sah das erste an, dann das zweite. Sein Gesicht wurde starr.

„Schöne Fotos, was?“ Baders Stimme zitterte etwas. „Sie zeigen in allen Phasen, wie du Werner Urban Rauschgift verkauft hast. Das sind Beweise, Tschilke!“

Tschilke färbte sich fahl wie Asche. „Was . . . soll das?“

„Ich saß oben in der Eiche. Habe 'ne gute Kamera mit Teleobjektiv.“

„Was soll das?“

Bader trank einen Schluck Tee. Auch seine Hand zitterte.

„Ich finde, Tschilke, es wird höchste Zeit, daß man einem Dreckskerl wie dir eine Lektion erteilt. Zur Polizei werde ich nicht gehen. Jedenfalls nicht, wenn du spurst.“

„Was . . . heißt das?“

„Du kannst die Fotos kaufen. Und, natürlich die Negative dazu.“

„Du bist wahnsinnig!“

„Sie kosten nur 20.000 Mark, Tschilke. Was du ja aus der Westentasche bezahlst. Ich verstehe das als Freundschaftspreis.“

„Das ist Erpressung.“

„Na und? Willst du dich moralisch entrüsten? Gerade du? Was machst du denn, heh? Wieviele gehören denn zu deinen Stammkunden? Wieviele bringst du ratenweise um? Mit Rauschgift.“

„Mensch, ich zwinge keinen zum Fixen. Jeder weiß, was er tut, wenn er Stoff von mir will.“

„Ich weiß auch, was ich tue, wenn ich 20.000 Mark von dir will.“

Tschilke starrte ihn an. „Warum? Das ist doch sonst nicht deine Art. Du bist doch der Brave, der Tugendhafte, der den rechten Weg nicht verläßt.“

„Mach dich nur lustig. Im Knast wird dir der Spaß verge-

hen, denn ich mache ernst, Tschilke. Warum? fragst du. Weil das Geld meine Chance ist. Damit kann ich aufhören, mich zu verzetteln. In Ruhe kann ich mich aufs Abitur vorbereiten, ohne auf irgendwas verzichten zu müssen. Wer im Geld schwimmt wie du, wird das niemals begreifen."

Die Bedienung kam, eine ältere Frau mit schmerzenden Füßen.

„Ja, bitte?"

„Kaffee! Nein, Mokka", bestellte Tschilke. „Und für meinen Freund nochmal Tee."

Als sie gegangen war, beugte er sich vor.

„Also gut, Bader! Du hast mich in der Hand. Ich zahle. Aber in der Westentasche habe ich das nicht. 20.000 sind 20.000. Auch für mich. Ein bißchen Zeit mußt du mir lassen."

„Wie lange?"

„Ich sage dir Bescheid, wann ich flüssig bin."

„Ich gebe dir nicht länger als eine Woche."

Tschilke lächelte dünn. „Solange wird es nicht dauern."

10. Bezahlte Schläger

Ein niedriger Zaun trennte die Grundstücke voneinander. Das eine war klein und verwilderte. Die Villa im Hintergrund zählte sicherlich hundert Jahre. Aber sie war – verglichen mit ihren jüngern Schwestern in dieser Gegend – bescheiden. H.H. Alderich Finke wohnte hier.

Jetzt stand er an besagtem Zaun und unterhielt sich mit seinem Nachbarn.

Was dem an Grund und Boden gehörte, war mindestens zehnmal so groß: ein Park. Ein modernes Prachthaus im Schweizer Stil verbarg sich hinter Obstbäumen. Der endlose Rasen war gepflegt wie ein Golfplatz. Eine lange gewundene Auffahrt führte zur Garage.

Locke hielt an Finkes Gartenpforte

„Hier ist es, Tom."

Die beiden Männer hörten das und blickten her. Sie lehnten – jeder auf seiner Seite – am Zaun, und der nachbarliche Plausch schien in vollem Gange zu sein. Aber jetzt schwiegen sie.

Der vom kleineren Grundstück sagte mit knarrender Stimme: „Wollt ihr zu mir?"

„Zu Herrn Finke", antwortete Locke.

„Der bin ich."

Er war alt, knorrig wie eine Eiche, und aus eben diesem Holz schien auch sein Gesicht geschnitten. Unter der Hakennase hing ein weißer, buschiger Schnauzbart. Zwischen den künstlichen Zähnen hing der Stiel einer Shagpfeife. Wolken entquollen ihr, als gebe Finke Rauchsignale. Er trug ein militärisch geschnittenes Hemd und khakifarbene Hosen.

„Dürfen wir reinkommen?" fragte Locke.

„Wenn es sein muß."

Leise sagte Tom: „Mit der Adresse hast du dich offenbar vergriffen."

„Abwarten", flüsterte sie , ehe sie laut erwiderte: „Wir

möchten um eine kurze Unterredung bitten, Herr Finke. Es betrifft Tierschutz im weitesten Sinne."

„Ich spende nichts", kam die Antwort.

„Wir wollen kein Geld."

Locke stellte ihren Roller an den Zaun und ging, gefolgt von Tom, durch die Pforte.

Die beiden Männer rührten sich nicht.

Der andere war erheblich jünger als Finke, aber auch Mitte Fünfzig, mindestens. Er trug eine schwarzweiß-karierte Hose. Der Speck von Bauch und Hüften quoll über den Gürtel. Durch das Netzhemd schimmerte rosige Haut. Rosig war auch das feiste Gesicht mit dem Doppelkinn. Er schien ständig zu lächeln. Nur seine Augen taten da nicht mit. Sie erinnerten Locke an das starre Glotzen eines Raubfisches.

Mit bezauberndem Lächeln sagte sie: „Ich heiße Nina Rehm, das ist mein Freund Tom Conradi. Wir machen uns Sorgen wegen der zunehmenden Tierdiebstähle. Leider unternehmen die Behörden dagegen fast nichts. Deshalb wollen wir versuchen, den Hundejägern das grausige Handwerk zu legen. Auch Ihr Othello wurde gestohlen."

Finke musterte die beiden. Seine Miene war grimmig. Und das blieb sie. Lockes Lächeln prallte an ihm ab, als hätte er längst vergessen, daß ein hübsches Mädchen Männer um den Finger wickeln kann. Den Schimmer ihrer dunklen Augen schien er nicht zu bemerken.

„Was wollt ihr? Euch mit den Hundejägern anlegen? Wohl ein Witz, hähähäh."

„Keineswegs", sagte Locke.

„Und wie stellt ihr euch das vor?"

Locke zögerte. Tom schien recht zu haben. H. H. Alderich Finke war anscheinend nicht der Richtige für ihr Vorhaben. Ihn ins Vertrauen zu ziehen, würde der Sache schaden. Außerdem war da noch dieser feiste Mensch in seiner karierten Hose. Der glubschte, daß die Neugier ihm fast aus den Augen lief.

„Wir sammeln Fotos von gestohlenen Tieren“, antwortete sie auf Finkes Frage. „Von Tieren, die sich deutlich aus ihrer Rasse abheben. Seltene Mischlinge, zum Beispiel. Die Fotos wollen wir vervielfältigen und unter unseren Schulkameraden verteilen. Wenn alle die Augen offen halten, wird das eine oder andere Tier vielleicht gesichtet.“

„Damit erreicht ihr gar nichts.“ Finke biß auf seinen Pfeifenstiel. „Ist dummes Zeug. Und nutzlos. Meinen armen Othello bringt mir niemand zurück.“

„Könnten Sie uns trotzdem ein Foto von ihm geben?“ Locke blieb hartnäckig.

„Ich fotografiere nicht.“

„Sie haben kein Foto?“

„Nein. Nicht mal von mir.“

Totale Pleite! dachte Locke. Aber . . .

„Vielleicht kann ich aushelfen“, mischte der Feiste sich in ihre Gedanken. „Vor zwei Wochen habe ich hier im Garten geknipst. Othello stand am Zaun. Aufgerichtet. Ich glaube, er ist ganz gut zu erkennen.“

„Das wäre ja stark“, freute sich Locke.

Finke machte ein Gesicht, als hätte er noch eine abfällige Bemerkung auf seiner vom Tabaksaft gebräunten Zunge. Doch eine Frauenstimme kam ihm zuvor.

Sie kam aus einem Fenster des Finke'schen Hauses, der alten Villa. Eine Gardine freilich, die schlaff in der Windstille hing, verdeckte die Frau.

„Hans-Henning!“ keifte sie. „Vielleicht kommst du endlich rein! Oder soll ich allein weitermachen?“

Worum es ging, blieb ungesagt. Vermutlich um eine Hausarbeit, von der H. H. – Hans-Henning, also – sich bis jetzt gedrückt hatte.

Immerhin: so harsch er sich gab – der Respekt vor seiner Ehehälfte saß ihm in Fleisch und Blut. Er war förmlich zusammengezuckt, und die Pfeife schuckelte zwischen seinen Zähnen, daß ein bißchen Glut zu Boden fiel.

„Mein Tiger verlangt nach mir. Bis später, Helmut", sagte er zu dem Feisten – und strebte mit beachtlicher Eile zum Haus.

Helmut grinste. „Kommt rüber!" sagte er. „Muß ich euch schon siezen?"

Locke schüttelte den Kopf. „Darauf legen wir keinen Wert, wenn man uns ansonsten höflich behandelt – wie wir es ja auch tun. Ich werde erst 15, Tom bald 16. Damit liegen wir auf der Kippe zwischen Du und Sie."

„Ich heiße Schmied", sagte er. „ Wie der Kupferschmied. Nur ohne Kupfer. Hahahah."

„Oder wie der Grobschmied. Nur ohne Grob", sagte Tom.

Schmied schaute verdutzt und wiederholte dann seine Aufforderung, rüberzukommen.

Tom folgte dem, indem er über den Zaun flankte. Für Lokke war das nicht so einfach, trug sie doch einen Rock, unter dem sieben Unterröcke – aus Taft, natürlich – Platz gehabt hätten. Er war burgunderrot und sehr weiblich. Bei einer Flanke hätte er sich in den Zaunlatten verhakt.

Für die Dauer eines Atemzugs stand sie hilflos da. Dann beugte Tom sich herüber. Er legte ihr einen Arm um die Taille, den anderen in die Kniekehlen und hob sie herüber – mühelos, als sei der Strohhut das Schwerste an ihr.

Schmied starrte für einen Moment auf ihre nackten Beine – so weit die zu sehen waren – und blieb bei seinem Lächeln.

Sie gingen über den Rasen.

Außer Hörweite sagte Schmied: „Daß er so unwirsch ist, ist nun mal seine Art."

„Sie meinen Herrn Finke?" stellte Locke fest.

„Er ist ein alter Oberst. Ein Militär. Hat zeitlebens rumkommandiert. Den Ton kann er sich nicht abgewöhnen. Nur seine Frau wird mit ihm fertig. Bei der kuscht er wie ein Hund."

Locke fühlte sich unangenehm berührt. Zu dem Oberst

hatte Schmied freundlich getan, nachbarlich nett. Jetzt machte er ihn lächerlich. War wohl so ein Typ, der Schmied, der ins Gesicht liebenswürdig ist, aber hinter dem Rücken übel nachredet?

Ja, er war der Typ. Denn jetzt sagte er: „Wenn Edith pfeift, springt Hans-Henning. Sie hat ihn unterm Pantoffel. Könnte mir nicht passieren."

Dann gäbe es auch einen Fettfleck auf dem Boden, dachte sie.

Das Gelände stieg etwas an. Hinter den Obstbäumen war die Prachtvilla in einen Hügel gebaut. Zu der vorgelagerten Terrasse führten zehn oder zwölf Steinstufen hinauf. Die Villa hatte nur ein Obergeschoß, war weiß verputzt und überdeckte eine große Grundfläche. Die Terrasse schien unterkellert zu sein. Wo sie endete, fiel die – nicht ganz senkrechte – Mauer zwei Meter zum Rasen ab. Sie war aus Natursteinen errichtet und enthielt zwei winzige Fenster.

Schmied erklomm schweratmend die Stufen

„Klara", japste er. „Hier sind Nina und Tom, die den Hundejägern das grausige Handwerk legen wollen. Dabei können wir sie vielleicht unterstützen."

Oh! dachte Locke. Ist das seine Frau?

Weiße Gartenmöbel waren aufgestellt: ein großer Tisch, gepolsterte Stühle, gepolsterte Sessel, eine gepolsterte Liege und ein Servierwagen.

Die Hollywoodschaukel war bunt bespannt und ebenso überdacht. Sie schaukelte ein wenig. Klara besorgte das, indem sie sich mit der Fußspitze abstieß.

Sie hätte – was das Alter betraf – Schmieds Tochter sein können, war bestimmt noch nicht 30. Doch Locke spürte sofort, daß es sich um Schmieds Ehefrau handelte – in diesem Falle auch um die schönere Hälfte.

Ihr orangefarbenes Haar wäre in einer Apfelsinenkiste nicht aufgefallen. Hier wirkte es sonderbar. Vielleicht sollte es die Stare von den Kirschbäumen fernhalten. Klara war stark geschminkt, trug goldene Ohrringe – so groß wie Gardinenringe – und hatte die Angewohnheit, sich mit künstlichen Wimpern Luft zuzufächeln. Ein Augenaufschlag folgte dem andern – und das paßte zu ihrem dümmlichen Puppengesicht. Bekleidet war sie mit einem grünen Baderock – seitlich hochgeschlitzt – und einem Bikini–Oberteil.

Während sie Locke und Tom ansah, führte sie ihre Zigarettenspitze zum Mund.

Die beiden grüßten.

Klara sagte: „Ihr wollt die Hundejäger jagen?"

Locke bestätigte das.

Sie mußten sich setzen. Ob sie Tee tränken? Das taten sie. Die Schokoladentorte, auf der eine Wespe herumkroch, fand keine Gnade bei dem jungen Paar. Aber Schmied nahm noch zwei Stücke, obwohl er – wie die Spuren auf seinem benutzten Teller verrieten – vorhin bereits zugelangt hatte, und zwar kräftig.

Klara blickte mißbilligend, sagte aber nichts.

„Finde ich gut, was ihr vorhabt", meinte Schmied.

Locke wiederholte, was sie vorhin geschwindelt hatte. Und Klara klapperte dazu mit den Lidern.

„Wir haben keine Tiere", sagte sie. „ Nur Wühlmäuse im Garten."

„Ist aber schade", sagte Tom. „Auf dem Gelände könnte sich ein ganzes Gestüt austoben. Oder ein Rudel Windhunde."

Klara sah ihren Mann an und lachte schrill. „Möchtest du Windhunde anschaffen, Helmut?"

„Später, vielleicht. Erstmal nehme ich einen Windbeutel." Grinsend legte er sich das sahnegefüllte Gebäckstück auf den Teller.

Statt uns was vorzufuttern, dachte Locke, sollte er das Foto holen, verdammt noch mal!

Als hätte Schmied ihre Gedanken gelesen, stand er auf. Mit vollem Mund erklärte er, nun nach dem Foto zu suchen.

„Das, auf dem Othello drauf ist“, fügte er für seine Frau hinzu.

Dann ging er ins Haus: durch eine Terrassentür, die in ein Schachbrett kleiner Scheiben unterteilt war.

„Warum wollt ihr die Hundejäger jagen?“ fragte Klara.

„Warum?“ Locke verstand nicht sofort. „Weil die sonst, nahezu ungehindert, weiter stehlen.“

„Warum regt ihr euch deshalb auf?“

Locke setzte ihre Tasse ab. Die Untertasse klirrte.

„Weil wir es nicht richtig finden, daß Tiere gestohlen werden, Frau Schmied.“

„Jaja. Aber daß ihr euch so reinhängt!“ Sie steckte eine frische Zigarette in die goldene Spitze. „Für mich wäre das nichts. Ich hätte Angst. Und all die Mühe! Überhaupt – ich glaube nicht, daß ihr was erreicht. Die meisten Hunde sind sicherlich schon tot.“

„Wieso?“

Klara hob die Achseln. „Ich habe gelesen, daß gestohlene Tiere in Tierversuchsanstalten gegeben werden. Für wissenschaftliche Zwecke.“

Locke wurde einer Antwort enthoben, denn Schmied kam zurück. Er schwenkte ein Foto.

„Ich hab's!“

Er benahm sich wie ein Archäologe *(Erforscher des Altertums)*, der beim Anlegen eines Gemüsebeets auf eine Steinzeitsiedlung gestoßen ist. Mit großer Geste überreichte er Locke das Foto. Sie und Tom steckten die Köpfe zusammen. Gestochen scharf war das Bild. Es zeigte Klara auf dem Rasen, nahe dem Nachbarzaun. Klara trug weißen Tüll und lächelte kuhäugig in die Kamera. Fotogener als sie war der Hund. Er hatte sich aufgerichtet, stützte die Pfoten an den Zaun und blickte herüber.

„Bildschön!“ sagte Tom.

„Ist ein Modellkleid.“ Klara war geschmeichelt. „Hat mir mein Mann geschenkt. Er hat Geschmack.“

Tom ließ sie in dem Glauben, er hätte das Kleid gemeint. Locke wußte ohnehin, wie er an ihrem Lächeln merkte, daß die Bewunderung dem Hund galt.

Othello sah aus wie ein hochbeiniges Füchschen: mit spitzer Schnauze, lebhaften Augen und rotbraunem Fell. Allerdings war sein Schweif glatt behaart, nicht buschig. Ein lieber Hund.

„Können Sie uns das Foto für ein paar Tage überlassen?" fragte Locke.

„Aber ja!" Schmied nickte.

Klara sah ihn ausdruckslos an. Dann schüttelte sie den Kopf, als verstünde sie sein Verhalten nicht.

Locke und Tom verabschiedeten sich. Schmied sagte noch, das mit dem Foto hätte keine Eile. Aber sie sollten ihn anrufen, falls Othello gefunden werde.

Die beiden gingen durch den Garten zur Straße. Außer Hörweite meinte Tom: „ Wir haben erreicht, was wir wollten. Schmied müßten wir dankbar sein. Aber ich kann ihn nicht leiden. Ist ein alter Schleimer, sie eine dumme Pute." Er ahmte ihre Stimme nach. „Für mich wäre das nichts . . . und all die Mühe . . . Klar, auf der Terrasse rumhängen und sich Modellkleider schenken lassen – das macht weniger Mühe."

„Und solche Leute schwimmen im Geld!"

„*Gerade* solche Leute schwimmen im Geld. Das ist es ja, Locke. Möchte mal wissen, was Schmied beruflich macht."

„Von Beruf reich", lachte sie. „Soll er. Einen frohen Eindruck macht er jedenfalls nicht – trotz seines ständigen Grinsens".

★

Etwa um dieselbe Zeit an diesem Nachmittag hielt draußen in Pesseldorf der gelbe Simca vor dem Tschilke-Anwesen.

Lämmel zog den Zündschlüssel ab, stieg aus und blickte

über den Zubringer zur Straße. Porczik, immer noch als Penner gewandet, stampfte seine Zigarette in den Aschenbecher. Verena war diesmal nicht dabei. Sie hatte noch Dienst in der Bank.

„Bin gespannt, was er will", sagte Lämmel und strich über sein Bärtchen.

Georg Tschilke, der Tierhändler, hatte angerufen. Und sie zu sich befohlen. Bekannt und handelseinig, was die Aufnahme bei den Hundejägern betraf, waren sie mit ihm bereits. Letzte Nacht noch hatte Verena das Treffen vermittelt.

Der Nachmittag neigte sich. Es war schwül. Die Schwalben flogen tief. Über den Feldern waberte die Luft. Die Turmuhr der Dorfkirche schlug die volle Stunde.

Irgendwo hinter Hecken und Bretterzäunen winselten Hunde. Bei den Ställen fiel eine Tür zu. Eine barsche Stimme fluchte. Das war Bruno Aspe. Ihn und auch Edwin Herbst hatten Lämmel und Porczik letzte Nacht kennengelernt. Schließlich – als Hundejäger mußte man wissen, wer sonst noch dazu gehörte. So waren sie denn – Danny Tschilke dazugerechnet – jetzt insgesamt sechs: Verena, Lämmel, Porczik, Edwin und Bruno sowie der hoffnungsvolle Sprößling des Tierhändlers.

Auch Porczik stieg aus. Beide blickten zu den Ställen, aber Bruno ließ sich nicht blicken. Was auch besser war. Denn sein Anblick rief Erinnerungen an Horrorfilme wach. Er war ein knochiger Riese mit fast fleischlosem Totenschädelgesicht. Ein trockner Husten gehörte ebenso zu ihm wie die Zigarette im Mundwinkel.

Neidvoll betrachtete Lämmel den roten Porsche, der vor dem – zur Villa erblühten – ehemaligen Bauernhaus stand. Dann wurde sein Blick zum Eingang gelenkt.

Georg Tschilke trat ins Freie.

„Kommt endlich rein", sagte er. Seine Stimme war rauh. „Es eilt."

Sie folgten ihm durch die Diele in einen holzgetäfelten

Wohnraum. Danny saß am Tisch und trank Bier aus der Flasche. In seinem schiefen Gesicht sorgte Wut für ein ungesundes Rot. Mit der Faust wischte er sich über die breite Nase.

„Hallo, Fred, hallo, Rudi!" Er gab ihnen die Hand.

Auch sein Vater holte das nach, obwohl er von freundlichen Gesten – auch selbstverständlichen – nichts hielt.

Lämmel und Porczik durften sich setzen. Angeboten wurde nichts.

Georg Tschilke ließ sich auf die Eckbank nieder.

Er war ein großer, schwerer Kerl, trug viel Fleisch mit sich rum, hatte ein rotes Gesicht und kaum noch Haare. Fischige Glotzaugen vermittelten soviel Wärme wie Grönlandeis. Unter den Nasenlöchern klebte eine Bürste. Es sollte wohl ein englischer Schnurrbart sein, sah aber aus wie ein Schmutzfleck.

„Nun?" fragte er. „Schon auf Jagd gewesen? Wie siehts's aus?"

Porczik hatte lange überlegt, ob er von seinem Fehlschlag berichten sollte. Und sich entschlossen, ihn nicht zu verschweigen. Vermutlich würde eine kurze Meldung in der Zeitung stehen – vielleicht mit Beschreibung des Täters. Also war es besser, der Blamage *(Schande)* vorzubeugen.

„Vorhin habe ich vielleicht ein Ding erlebt", sagte er. „Wäre um Haaresbreite ins Auge gegangen. Und das gleich beim ersten Mal! Aber – das ist 'ne alte Erfahrung – was schlecht anfängt, entwickelt sich dann immer besser und besser."

Er erzählte. Schweigend hörte der Tierhändler zu.

Als Porczik dann die Beteiligten beschrieb, fuhr Danny in die Höhe.

„Was? Nochmal! Wie sah das Mädchen aus?"

„Verteufelt hübsch, wie gesagt. Hat langes braunes Haar und schwarze Augen. Ist schlank, biegsam, hat 'ne freche Klappe und 'nen großen Strohhut und 'nen Mofaroller."

„Nina Rehm!" sagte Danny durch die Zähne. „Die und ihr

verdammter Macker. . ." Er wandte sich an seinen Vater. „Dieser Tom Conradi war's, der Edwin fertiggemacht hat."

„Etwa so'n stabiler Blonder mit Motorroller?" forschte Porczik.

Danny nickte. „Der hat dich verfolgt, Rudi. Ist ein ganz zäher Hund. Du hast Glück gehabt."

Sein Vater sagte: „Tauchen die beiden denn immer dort auf, wo sie nichts zu suchen haben? Das ist jetzt schon der dritte Hund, den wir ihretwegen einbüßen. Mir scheint, die brauchen einen Denkzettel."

Danny grinste. „Gute Idee, Vater! Conradi muß Dresche kriegen, daß er in keinen Sarg paßt. Aber einer allein schafft das nicht. Der Kerl kann Karate. Wir müssen . . ."

„Eins nach dem andern", wurde er von seinem Vater unterbrochen. „Conradi wird beim Kanthaken genommen – und die Göre dann auch. Aber jetzt geht's um was anderes." Er räusperte sich. Danach war seine Stimme noch rauher. „Danny wird erpreßt", erklärte er. „Das Schwein heißt Claus Bader. Ich zahle jedem von euch", gemeint waren Lämmel und Porczik, „ einen Tausender, wenn ihr das ausbügelt."

„Wir?" fragte Lämmel verblüfft.

„Wer sonst? Edwin und Bruno sind zu blöde dazu. Ihr sollt Bader zusammenhauen und ihm gewisse Fotos wegnehmen. Und vor allem die Negative. Ich betrachte die Sache als euren Einstand. Macht's – und ihr gehört wirklich zu uns."

Lämmel und Porczik sahen sich an.

„Warum nicht!" meinte Lämmel.

Zu seinem Sohn sagte Tschilke: „Und wenn du noch einmal Rauschgift anrührst, bist du der nächste, der Dresche kriegt. Ist das klar? Dabei geht's mir nicht um moralische Bedenken. Von mir aus können sich die Fixer bis obenhin vollspritzen. Aber die Sache ist zu gefährlich! Zu gefährlich für dich! Wir verdienen unseren Kies mit den Viechern. Und ich will nicht, daß die Polizei hier aufkreuzt! Nur weil du Blödsinn treibst."

„Kannst dich drauf verlassen, Vater: Damit ist Schluß! Aber es war leicht verdientes Geld – und wer ahnt denn sowas!"

„Du hättest es ahnen müssen."

Dann berichtete der Gemaßregelte den beiden, die sich jetzt als bezahlte Schläger verdingten, wie er von Claus Bader erpreßt wurde.

Lämmel notierte sich die Anschrift. Damit war das erledigt.

Doch der Tierhändler hatte noch Anweisungen, die er für unverzichtbar hielt.

„Ich habe es letzte Nacht schon gesagt, muß es aber wiederholen: Keines der Viecher, die ihr abstaubt, hierher liefern! Die dämlichen Tierschützer haben mich im Visier. Könnte sein, daß wir hier beobachtet werden, sobald irgendwo ein Hund verschwindet. Deshalb: Alle Tiere zuerst zu der Adresse in der Stadt. Dort bleiben sie mindestens eine Woche. Unseren Freund und Gönner verdächtigt niemand. Bei ihm sind die Köter gut aufgehoben. Nach einer Woche ist nicht mehr zu befürchten, daß die Tierschützer hier bei mir einen Durchsuchungsbefehl durchsetzen. Überhaupt – ehe das passiert, muß man uns auf frischer Tat erwischen. Gewieft wie wir sind, ist das einfach nicht drin. Klar?"

Alle nickten.

Tschilke hielt es nun doch für angezeigt, diese Einigkeit zu begießen. Aus einem mit Schnitzerei verzierten Bauernschrank nahm er Schnapsflasche und Gläser. Danny mußte einschenken. Er goß noch ins letzte Glas, als das Telefon klingelte.

Tschilke nahm ab und meldete sich mit einem Knurren. Dann wurde sein Tonfall geschmeidig wie Speiseöl.

„Ah, Doktor Mäuchler! Ja, danke! – Ihnen hoffentlich auch. Wie? Zwölf Hunde und zwei Katzen? Tut mir leid! Im Moment habe ich nur drei Hunde. Sie wissen ja, ich beliefere auch andere Versuchslabors. Aber keine Sorge – bis Freitag ist der Nachschub da. Doch, doch! Dafür verbürge ich mich. Ich habe jetzt neue Leute. Tüchtige Leute. Die werden dafür sorgen, daß in der Stadt die Einnahmen durch Hundesteuer bald einen Tiefstand erreichen, hahahah! Ja, danke! Wiedersehen!"

Er legte auf.

„Ihr habt's gehört. Zunächst die Sache mit Bader! Und dann ran an die Viecher!"

11. Ein kühner Plan

Tom hielt es für überflüssig. Aber Locke bestand darauf, Helga – seiner Mutter – Blumen mitzunehmen. Es kam von Herzen. Aber ein kleines bißchen Überlegung war auch dabei. Galt es doch, Helga milde zu stimmen.

Tom sah das ein und äugte in die Gärten, an denen sie vorbeikamen. Dort hätte er sich bedient – als Blumendieb. Doch auch damit war Locke nicht einverstanden. Sie hatte noch etwas Geld. Also betraten sie ein kleines Blumengeschäft an der Ecke Danziger Straße und erstanden ein buntes Sträußchen – in sommerlichen Pastelltönen.

Als sie bei den Conradis anlangten, tobte Nicki an langer Leine im Garten. Bei der temperamentvollen Begrüßung konnte der Strauß nur gerettet werden, indem Tom ihn mit doppelter Armdeckung verteidigte.

Mit-Ha war bereits heim gefahren. Helga saß in der Küche bei einer Tasse Kaffee. Sie hatte noch Patienten und mußte gleich in die Praxis zurück. Aber die kurze Pause zwischen Impfungen, Untersuchungen und kleineren Operationen stand ihr zu.

„Für mich?" staunte sie, als Locke die Blumen überreichte. „Habe ich denn schon wieder Geburtstag?"

„Dann fiele er größer aus", lachte Locke. „Und wir hätten vorher gespart. Der ist nur mal so zwischendurch, um dir Freude zu machen. Ich stelle ihn in die Vase."

Helga sah zu, wie Locke geschickt hantierte, wobei sie auch die Stiele nachschnitt. Tom hatte sich ein Stück Hartwurst aus der Speisekammer geholt und kaute in Zeitlupe.

Helga sah erst ihn, dann Locke an. „Wo brennt's?"

„Wie meinst du?" forschte Locke.

„Wo euch der Schuh drückt?" Helga lächelte und strich sich eine blonde Welle aus der Stirn.

„Das wäre zuviel gesagt." Locke ordnete die Blumen in die Vase. „Wir wollten dich nur mal was fragen."

Helga machte eine Also-jetzt-kommt's-Miene und lehnte sich zurück.

„Unsere Frage ist rein theoretisch", begann Locke. „Nur mal angenommen, wir hätten plötzlich – sozusagen von heute auf morgen, beziehungsweise über Nacht – 20 oder 30 Hunde. Und wüßten nicht, wohin damit? Aber sie müßten für zwei oder drei Tage untergebracht werden. Was tun?"

„Soso?" sagte Helga. „20 oder 30 Hunde."

„Kleinere und größere", ergänzte Tom.

Helga spitzte die Lippen. „Herrenlose Hunde?"

„Zunächst ja", nickte Locke

„Hm. Das Tierheim ist zwar meistens überfüllt. Aber bei der derzeitigen Witterung gäbe es dort eine Möglichkeit. Wir", damit meinte sie den Tierschutzverein, zu dessen Vorstand sie gehörte, „haben ja jetzt ein neues Freigehege errichtet. Mit etlichen Boxen. Für kurze Zeit könnten dort auch empfindliche Hunde, die keine Hofhunde sind, überdauern."

„Würdest du veranlassen, daß das klappt?" fragte Locke.

„Das würde ich. Aber was, in Gottes Namen, habt ihr vor? Gunter sagte mir vorhin am Telefon, er sei stark beunruhigt, weil sein Töchterchen wiedermal forsche Betriebsamkeit entfalte."

Tom sagte: „Bis jetzt, Mutter, ist noch alles Theorie. Wir checken *(prüfen)* erstmal, ob es gelingen kann. Dann wäre es eine verdammt gute Tat. Aber . . . äh der Zweck müßte die Mittel heiligen. Deshalb ist es besser, wenn ihr möglichst wenig davon wißt. Könnte sein", er grinste, „ihr versteigt euch sonst zu einem Verbot. Und liebe Ki . . . äh . . . Jugendliche wie Locke und ich sind nicht gern ungehorsam."

Helgas Augen blitzten belustigt. „Wir alten, verkalkten Eltern bemühen uns zwar um größtes Verständnis für euch. Aber ihr dürft uns nicht überfordern. Daß ihr unsere Hilfe habt – immer, wißt ihr. Nur eins erwarte ich: Bringt euch nicht in Gefahr."

„Würde einem Hasenfuß wie mir nicht im Traum einfallen", erklärte Locke mit harmlosester Miene.

Tom grinste.

Helga wies auf ihn. „Der ist kein Hasenfuß."

„Ich passe auf ihn auf", meinte Locke.

Helga erhob sich. „Ich muß in die Praxis." Fragend sah sie die beiden an. „Können eure Elternteile noch beruhigt schlafen?"

„Wenn es euer Gewissen zuläßt", sagte Tom. „Unseretwegen immer."

Helga knuffte ihn zärtlich auf den Oberarm, als sie hinausging.

Sie hörten, wie ihr flotter Schritt im Flur verhallte.

„Das hätten wir", meinte Locke. „Jetzt müssen wir Mike auftreiben".

Sie verließen das Haus. Nicki – noch im Garten angeleint – sah ihnen traurig nach, als sie auf ihren PSschwachen Feuerstühlen wegrollerten. Aber im Moment konnten sie ihn nicht mitnehmen.

Sie fuhren zu Locke – und kamen gleichzeitig mit Mike an, der eben sein Motorrad in die Garage lenkte.

Tom und er verstanden sich glänzend. Wie sie miteinander umgingen – das war fast schon eine Männerfreundschaft, die ein Leben lang halten würde. Wußte Mike doch auch, daß sein Schwesterchen bei Tom in allerbesten Händen war.

Die beiden begrüßten sich und knieten dann minutenlang vor Mikes schwerer Maschine, an deren Kupplung irgendwas nicht in Ordnung schien. Jedenfalls war Toms technischer Rat erwünscht. Alsbald hatte jeder einen Schraubenzieher in der Hand, und die Umwelt war vergessen.

Locke stand dabei und drehte ihren Strohhut zwischen den Händen.

„Ich gehe schon mal rein", sagte sie, „und schreibe auf die Tafel, daß ich da bin."

Tom sagte: „Ich hab's! Hier müssen wir anziehen."

„Wir kommen gleich", meinte Mike über die Schulter.

„Wenn ihr fertig seid, könnt ihr euch gleich um meinen Roller kümmern."

„Wieso?" sagte Tom zum Motorblock. „Da ist doch alles in Ordnung."

„Mitnichten. Die Klingel muß gestimmt werden. Um einen halben Ton höher."

Mike lachte. „Wir kommen wirklich gleich."

Locke ging ins Haus, schlüpfte aus den Sandalen, lief barfuß umher, hängte ihren Strohhut auf, nahm Mausi aus dem Käfig und setzte sie sich auf die Schulter, wo sie einen Moment auf und ab trippelte. Dann marschierte sie über den Rücken auf die andere Seite und hangelte sich in Lockes Mähne hinauf – bis zum andeutungsweise vorhandenen Mittelscheitel.

Mike und Tom kamen herein. Mit ölverschmierten Händen. Im Bad säuberten sie sich. Dann gingen sie in den rückseitig gelegenen Wohnraum, wo Locke sich auf die Ledercouch drapiert *(malerisch anordnen)* hatte. Mausi turnte an ihrem linken Ohr herum und übte sich gerade in Hangwaage, Schwungstemmo und Oberarmkippe bzw. Oberpfotenkippe.

„Nicht mehr lange, und Mausi beherrscht den einarmigen Handstand." Mike sank in einen der Sessel.

„Hast du gehört, Mausi", sagte Locke. „Er setzt olympische Hoffnungen in dich. Aber er weiß noch nicht, daß wir – Tom und ich, nämlich – auch auf ihn hoffen."

Mike machte ein erstauntes Gesicht. Dann öffnete er den zweiten Knopf seines Hemdes.

Auch Tom hatte einen Sessel belegt, stocherte mit einem Finger in seinem blonden Schopf und kniff ein Auge etwas zu, das grüne. Was zu sagen war, überließ er Locke.

„Mike", begann sie, „wie mutig bist du wirklich, wenn's darauf ankommt?"

„Kann ich klar beantworten: Sobald die andern fliehen, renne ich pfeilschnell vornweg."

Locke lachte. „In diesem Fall müßtest du fahren, nicht rennen. Wir brauchen nämlich einen Fahrer, der den Führerschein der Klasse drei hat, also einen Kleintransporter über bundesdeutsche Straßen bewegen darf. Tom und ich dürfen das nicht – aus Altersgründen, beziehungsweise Jugendgründen. Denn bekanntlich sind wir noch nicht 18."

„Und was soll ich für euch transportieren?"

„Tiere."

Mikes Haltung spannte sich. „Giraffen, nehme ich an?"

„Giraffen, Eisbären und Nashörner werden es vermutlich nicht sein. Aber Hunde, vielleicht auch Katzen."

„Nun mal die Karten auf den Tisch! Was habt ihr vor?"

Locke pflückte Mausi aus ihrem Haar und ließ sie an einer Strippe klettern.

„Tom und ich werden in einer der nächsten Nächte verbotenerweise bei Georg Tschilke und Company einbrechen. Das heißt, nicht in sein Haus. Was er dort an Ungeziefer beherbergt, interessiert uns einen Schimmelkäse. Aber seine Ställe werden wir untersuchen – und jene Tiere befreien, die offensichtlich nicht für seinen Nutztierhandel bestimmt sind. Sondern für Mäuchlers Tierversuchsanstalt. Schweine, Kühe und Schafe rühren wir nicht an. Aber Hunde und Katzen. Die bringen wir zum Tierheim. Dann verständigen wir sämtliche Leute, denen in letzter Zeit Hund oder Katze gestohlen wurde. Papi hat ja die Liste. Sollst mal sehen, wieviele gestohlene Vierbeiner von Herrchen und Frauchen identifiziert *(wiedererkennen)* werden."

Mike sah Tom an. „Mir bleibt die Spucke weg. Habt ihr das tatsächlich vor?"

Tom nickte.

„Und ihr glaubt, Tschilke läßt euch einfach so rein?"

„Locke hat eine Idee."

„Nämlich, Schwesterchen?" fragte Mike.

„Die Tschilkes werden nicht da sein. Sie werden telefonisch weggelockt."

„Ach? Einfach so?"

„Halt uns doch nicht für blöd!" schnappte sie. „Natürlich nicht einfach so. Wir haben einen Köder, mit dem wir sie lokken können – ob sie wollen oder nicht. Das heißt, Claus Bader hat ihn. Den müssen wir auf unsere Seite ziehen. Das steht noch aus. Aber ich bin überzeugt, daß er mitmacht – wenn er erstmal hört, worum es geht."

„Was für einen Köder hat Bader?"

„Fotos. Von Danny. Als der auf ziemlich umständliche Weise an Werner Urban Rauschgift verkaufte." Sie erzählte.

Mike pfiff durch die Zähne.

„Wir dachten", erläuterte Locke, „Bader würde den Film gleich bei der Polizei abliefern. Aber das ist offensichtlich nicht geschehen. Also entwickelt er die Fotos erst oder läßt sie entwickeln. Schön! Wir werden ihn beknien, daß er uns hilft. Und das stellen wir uns so vor: Bader ruft abends bei Tschilke an, erklärt ihm die Sache mit den Fotos und verlangt ein Treffen mit beiden – Vater und Sohn – noch am selben Abend. Er bestellt sie nach – sagen wir: Großenrode ins Gasthaus *Blaue Traube*. Das ist ein ziemlich weiter Weg. Dort sollen sie warten, bis er kommt, um dann über die Fotos zu verhandeln. Denn Bader deutet an, daß er sie verkaufen will. Er ruft dann noch in der *Blauen Traube* an und läßt den Halunken ausrichten, er käme eine Stunde später. Die Tschilkes sitzen also dort und warten, und wir haben genügend Zeit für unsere Nacht-und-Nebel-Aktion."

„Sehr durchtrieben, Locke! Wirklich! Ich muß mich wundern, was unter deiner Lockenpracht so vor sich geht"

„Werd' nicht unsachlich und vermeide es, mich zu beleidigen, weil ich sonst Mausi auf dich hetze. Bemüh dich lieber um konstruktive *(aufbauende)* Kritik."

Mike nickte. „ Seid ihr sicher, daß Bader mitmacht? Ich kenne ihn nur vom Sehen."

„Ich werde ihn umgarnen", sagte Locke.

„Wenn er sich weigert", sagte Tom, „hat er eine schlechte Zeit vor sich. Ich halte ihn für vernünftig. Er wird mitmachen."

„Gut", sagte Mike. „Aber Georg und Daniel Tschilke sind doch nicht die einzigen dort draußen."

„Auch darüber haben wir uns beim Tierschutzverein informiert", antwortete Locke. „Es gibt noch zwei Helfer, die

keinen guten Leumund haben: Edwin Herbst und Bruno Aspe."

„Und?"

„Auch die locken wir weg."

„Wie?"

„Ich rufe an – als eine Bedienung aus der *Blauen Traube*. Ihr Chef, Tschilke also, läßt ihnen sagen, sie sollen sofort nachkommen. Diesen Anruf machen wir aus einer Kneipe, in der genügend Lärm ist, so daß der Hintergrund echt klingt."

„Schlau, schlau!" meinte Mike. „Es könnte klappen. Aber seien wir uns darüber klar: Es ist Einbruch."

„Der Zweck heiligt die Mittel", sagte Tom.

„Hm."

Locke machte eine wegwerfende Geste. „Wenn wir erwischt werden, sind die Sympathien auf unserer Seite. Bader kann behaupten, er hätte von dem Einbruch nichts gewußt. Wir hätten ihm weisgemacht, das Ganze sei nur ein Streich. Und von dir, Mike, wird niemand was erfahren. Da schweigen wir wie Grüfte."

„Was soll denn das heißen? Wenn ich die Sache mache, stehe ich auch dazu. Und nehme die Folgen auf mich."

„Machst du mit?"

„Ist doch klar."

Locke lächelte.

Tom sagte: „Stark!"

Locke stand auf. „Den Transportwagen, Mike mußt du bei einem Autoverleih besorgen. Aber das macht bestimmt keine Schwierigkeiten. Leute, ich freue mich. Es wird. Es wächst. Helga verschafft uns Logis im Tierheim – für die Tiere, meine ich. Ohne dich, Mike, ginge es nicht. Jetzt müssen wir nur noch Claus Bader überzeugen. Und das machen wir sofort. Los, Tom! Erheb deine schwache Gestalt."

Sie hüpfte hinaus und brachte Mausi in ihren Käfig.

★

Der Spätnachmittag war heiß.

Claus Baders Zimmer hatte eine Tür zum Hof. Wegen der Hitze ließ er sie offen.

Zwar lag der Schlachthof gegenüber, aber jetzt herrschte dort Ruhe.

Claus konnte sich auf seinen Deutschvortrag vorbereiten. Genau 40 Minuten sollte er dauern. Über Klopstocks *(deutscher Dichter)* „Gelehrtenrepublik."

Claus stand an seinem Schreibtisch, einem uralten Möbelstück, wie an einem Pult und redete laut.

Vor ihm türmte sich heilloses Durcheinander: Bücher, Hefte, Schnellhefter, Zeitschriften, Zeitungen.

Als die Hoftür sich verdunkelte, blickte er auf.

Zwei Männer standen dort.

Der mit dem sonnenverbrannten Ledergesicht sah aus wie ein Penner, der andere war elegant und geschniegelt.

Sie starrten ihn an. Ihre Mienen verrieten nichts Gutes.

Gerade wollte er fragen, was sie hier verloren hätten – zum Teufel! – da kamen sie auf ihn zu.

In diesem Moment wußte er, was sie wollten und wer sie geschickt hatte.

„Schönen Gruß von Danny Tschilke", sagte der Schnurrbärtige und schlug ihn ins Gesicht. „Wir sind seine Geschäftsfreunde, und wir werden dir zeigen: Von einem Pinscher wie dir läßt sich ein Dealer – und sei's, er macht's nur zum Spaß – läßt sich ein Dealer nicht erpressen. Wo sind die Negative und die Fotos?"

Claus biß sich auf die Lippen und schwieg.

Er wehrte sich, als sie ihm einen Knebel in den Hals preßten. Aber er hatte keine Chance.

Erbarmungslos wurde er zusammengeschlagen.

Als er rücklings zu Boden stürzte, prallte er mit dem Hinterkopf auf die Kante einer Truhe. Dumpfer Schmerz zuckte durch den Schädel bis zu den Augen. Dann verlor er das Bewußtsein.

Lämmel und Porczik brauchten nicht lange zu suchen. Es gab nur einen Schrank. Die Fotos samt Negative lagen in einem der Fächer.

„Das ging ja schnell", kaute Porczik durch die Zähne. „Aber sieh dir den Kerl an. Der rührt sich nicht."

„Sieht ziemlich käsig aus." Lämmel stieß ihn mit dem Fuß an. „Aber das ist seine Sache. Los, hauen wir ab!"

„Wie der geredet hat, bevor er uns bemerkte. Hörte sich wie ein Vortrag an. Aber ganz ohne Publikum."

„Er hat nur geübt. Los, weg jetzt!"

Sie verkrümelten sich. Niemand hatte sie gesehen.

★

„In dieser Gegend war ich noch nie", sagte Locke.

„Freiwillig kommt niemand hierher", meinte Tom. „Wußte gar nicht, daß Bader beim Schlachthof wohnt. Hm."

Alte, fast baufällige Häuser lehnten sich aneinander. Hinterhöfe verschachtelten sich zu einem Irrgarten. Enge Gassen, in denen es nach Unrat roch, durchzogen das Viertel. In der Nähe qualmte ein Fabrikschlot giftiges Gelb.

Das muntere Paar mußte suchen, bis es Baders Adresse fand: ein schmales Haus. Neben dem Eingang stand eine Mülltonne. Zwei ausgetretene Steinstufen führten zur Tür. Hinter den Fenstern - je zwei im Parterre und im Obergeschoß - hingen vergilbte Gardinen. Das Gebäude ließ die Vermutung zu, es gäbe dort weder elektrisches Licht noch fließend Wasser – geschweige denn ein Bad.

Nicht jeder hat's so gut wie Tom und ich, dachte Locke beschämt. Um so erstaunlicher, wie Bader sich in der Schule macht.

Tom klingelte. Niemand öffnete.

Aus dem Nachbarhaus, das auch nicht besser war, trat eine dicke Frau, gehüllt in ein Kittelkleid voller Flecke.

„Baders sind nicht zu Hause."

„Wir wollen zu Claus." Locke rückte an ihrem Strohhut.

„Der ist zu Hause."

„Aber er öffnet nicht."

„Jedenfalls ist er nicht weggegangen – das habe ich gesehen. Vielleicht hört er die Klingel nicht. Sein Zimmer liegt nach hinten raus, zum Hof."

„Vielen Dank! Wir probieren es nochmal."

Tom klingelte sich den Daumen breit. Aber das nützte nichts. Er drückte auf die Klinke. Die Tür ließ sich öffnen.

Die beiden sahen in einen Flur mit gekalkten Wänden. Er führte nach hinten.

„Claus!"

Toms Stimme hätte einen Scheintoten aufgeweckt.

Irgendwo auf der Rückfront schlug knallend ein Fenster zu – durch die Zugluft, die von der geöffneten Haustür kam.

„Ich seh mal nach, ob er in der Badewanne eingeschlafen ist", sagte Tom. „ Du bewachst die Roller, ja?"

Locke lehnte sich wartend an die Hauswand. Aber das bekam ihrem Strohhut nicht. Also ging sie auf langen Beinen auf und ab, zwischen den geparkten Feuerstühlen.

Die Frau von nebenan war in ihr trautes Heim zurückgekehrt, lauerte aber sicherlich hinter der Gardine – wußte sie doch offenbar über jeden Schritt Bescheid, den die Baders machten.

„Locke!"

Sie fuhr herum.

In Toms Gesicht stand Entsetzen. Sein Blick schoß hin und her, als suche er den Feuermelder und zugleich ein Telefon zum Alarmieren des Überfallkommandos.

„Ja?" Sie lief zu ihm.

Wortlos machte er kehrt. Sie folgte ihm durch den Flur, vorbei an einer geöffneten Tür. Sie führte in eine bescheiden eingerichtete, aber blitzsaubere Küche. Doch Tom rannte weiter, zur letzten Tür hinten. Sie gehörte zu Claus Baders Zimmer – offensichtlich.

Es sah aus, als hätte hier ein Tobsüchtiger einen Anfall abreagiert *(sich von Erregung befreien).*

Claus Bader lag auf dem Boden. Sein Gesicht war blutverschmiert. Aufgeplatzte Lippen, Hautrisse und Blutergüsse – das hatten brutale Schläge als Spuren hinterlassen. Er war bewußtlos, schien nicht zu atmen und aus dem Mund ragte ein Stoffetzen.

„Such ein Telefon!“ sagte Tom. „Erst den Notarzt. Die Nummer ist 2222. Dann die Polizei. 45455666. Beeil dich! Ich versuche, ihm zu helfen.“

Sekundenlang hatte der Schreck sie gelähmt. Jetzt nickte sie, lief hinaus und nach vorn.

Mehr als Tom, der schon zum zweitenmal einen Erste-Hilfe-Kursus gemacht hatte, konnte sie nicht tun. Himmel! Was war hier geschehen? Wer hatte den Jungen so zugerichtet? Hatte das was mit den Fotos zu tun?

Der Wohnraum lag straßenseitig. Dort war das Telefon.

Die Notarztzentrale meldete sich sofort.

Locke nannte die Adresse. Mit wenigen Worten beschrieb sie den Zustand des Verletzten. Man käme sofort, hieß es.

Der Anruf bei der Polizei beanspruchte noch weniger Zeit.

Locke lief zurück.

Claus Bader war jetzt von dem Knebel befreit, aber immer noch bewußtlos. Tom hatte ihn so gelegt, daß er – falls er erbrechen sollte – nicht erstickte.

Verwundert sah sie, daß Tom sich über den Schreibtisch beugte. Dort stand ein kleines Tonbandgerät. Es war eingeschaltet, aber die Spule abgelaufen. Ihr Ende schlug an bei jeder Umdrehung. Die Steckdose, zu der das Kabel führte, befand sich an der Wand, an die der Schreibtisch gerückt war.

„Es läuft noch“, sagte Tom. „Die Zeitung hier war aufgeschlagen, eine Seite darüber gedeckt – zufällig wohl.“

„Du meinst, er hat Musik gehört?“

Tom schüttelte den Kopf. „Er hat was aufgenommen. Hier, das Mikrofon!“ Es war - unsichtbar für Locke – hinter

einem Stapel Bücher versteckt. Tom hob es hoch. „Das Gerät ist auf Aufnahme geschaltet."

Er tippte auf zwei engbeschriebene Bögen. Ähnliche, drei oder vier, lagen vor dem Schreibtisch auf dem Boden.

„Sieht aus wie ein Deutschreferat *(Referat = Bericht über ein Sachgebiet)*. Vielleicht hat er's auf Band gesprochen, um sich dann selbst abzuhören. Und vielleicht, Locke, ist nicht nur das drauf."

„Wäre irre."

Tom schaltete das Gerät aus und fädelte das Ende des Bandes bei der zweiten Spule ein. Locke hätte rumprobieren müssen, aber Tom – technisch versiert *(bewandert)* – drückte sofort auf die richtigen Knöpfe. Er ließ das Band zurücklaufen.

Locke sah auf Claus Baders entstelltes Gesicht.

„Steht es schlimm?"

„Eine schwere Gehirnerschütterung hat er bestimmt. Aber sein Puls ist kräftig."

Sssss . . . sssss . . . sssss . . . , machte das Band. Die Stopptaste knackste. Dann lief es und der Zufall wollte, daß Tom auf Anhieb die richtige Stelle gefunden hatte.

„Schönen Gruß von Danny Tschilke", sagte eine unangenehme Stimme. Und dann noch ein paar Sätze . . .

12. Haussuchung bei Tschilkes

Der Notarzt hatte Claus Bader betreut und ihn dann, den noch immer Bewußtlosen, ins Krankenhaus eingewiesen, wo er jetzt auf der Intensivstation *(für besonders Gefährdete)* lag.

Sein Zustand war ernst. Doch der Notarzt hatte sich Locke und Tom gegenüber zuversichtlich geäußert. Allerdings – vernehmungsfähig war Claus in nächster Zeit nicht.

Wo Claus' Eltern waren, wußte niemand. Um sie bei ihrer Rückkehr zu verständigen, blieb ein Polizeibeamter im Hause zurück.

Kommissar Lambert vom 4. Dezernat – unter anderem zuständig für Raubüberfall, Einbruch und schwere Körperverletzung – hatte sich alles erzählen lassen, was Locke und Tom wußten. Es reichte, schloß die Vorgänge bei der Blitzbuche ein und beleuchtete damit den Hintergrund dieses gemeinen Verbrechens. Zweimal hatte Lambert sich die unfreiwillige Tonbandaufnahme der beiden Schläger angehört. Alles war eindeutig.

Locke, erschüttert bis ins Innerste, mußte loswerden, was sie sich dachte.

„Wir, Herr Kommissar, glaubten, Claus Bader würde seine Fotos der Polizei übergeben. Aber er hat offensichtlich versucht, Daniel Tschilke zu erpressen. Und der hat ihm die beiden Schlagetots geschickt. Die haben jetzt die Fotos und natürlich auch die Negative."

Lambert nickte. „So ist es, kleines Fräulein."

Sie saßen im Polizeiwagen. Locke und Tom hinten, Lambert und ein Polizist vorn. Der Uniformierte fuhr. Lambert hielt das Tonbandgerät auf den Knien. Er war ein sportlicher Typ und wirkte jünger, als er sicherlich war. Er trug eine schreiend bunte Krawatte zum karierten Anzug und hatte sich heute morgen beim Rasieren geschnitten. Jedenfalls klebte ein kleines Pflaster am Kinn.

Erstes Ziel war das Polizei-Präsidium. Lambert sagte, er käme gleich zurück, und verschwand in dem großen Gebäude.

„Er besorgt einen Durchsuchungsbefehl", sagte der Polizist. „Und beordert sicherlich einige Kollegen nach Pesseldorf, damit wir bei den Tschilkes das Haus filzen können."

„Oh!" Locke dachte weiter – vor allem an die Tiere, die dort eingesperrt waren.

Tom sagte: „Können wir uns darauf verlassen, daß mein Hirsch – ich meine, unsere Roller – daß sie hierher gebracht werden."

„Keine Sorge!" lächelte der Polizist. „Was der Komissar verspricht, hält er auch. Eure Krafträdchen sind in besten Händen. Da fällt mir ein: Wollt ihr eure Eltern verständigen – für den Fall, daß die Sache etwas dauert?"

„Nicht nötig." Locke winkte ab. „So spät ist es ja noch nicht."

Und kein Zeuge, dachte sie, hat die Schläger gesehen.

Selbstverständlich hatte die Polizei alle Nachbarn befragt. Aber die Verbrecher, soviel stand fest, waren über den Hof gekommen. Nicht mal die dicke Frau im Kittelkleid war aufmerksam geworden – wofür sie sich jetzt sicherlich schwerste Vorwürfe machte. Bestimmt zog sie daraus die Lehre und pendelte künftig zwischen Vor- und Rückseite des Hauses, auf daß ihr ja nichts entgehe!

„Ulkig!" sagte Tom leise.

„Was meinst du?"

„Wir wollten Claus Bader dazu überreden, daß er's so macht – dabei war das längst Wirklichkeit."

„Das habe ich auch schon gedacht."

Sie sprachen nicht weiter – konnte man doch sehen, wie dem Polizisten die Ohren wuchsen.

Lambert kam zurück.

„Kollege Siement hat angerufen. Baders Eltern sind eben nach Hause gekommen. Und dann dieser Schock! Sie sind gleich zu ihrem Jungen ins Krankenhaus gefahren. Hoffentlich kommt er durch."

Er legte den Sicherheitsgurt um. Der Polizist ließ den Motor an.

„Zu diesem Werner Urban habe ich einen Wagen geschickt", fuhr Lambert fort. „Schlimm, daß er fixt. Jedenfalls brauchen wir ihn als Zeugen."

Als sie abfuhren, beobachtete Locke, wie drei Uniformierte in einen Streifenwagen stiegen und ihnen folgten. Bestimmt wurden die für die Haussuchung gebraucht.

Dämmerung brach an. In der Stadt flaute der Verkehr ab. Er war immer noch warm, der Himmel im Westen wurde von der untergehenden Sonne angestrahlt.

Sie fuhren nach Pesseldorf. Locke hielt ihren Hut auf den Knien. Toms Hand kroch zu ihr herüber, ohne daß er den Blick von der vorbeihuschenden Landschaft abwandte. Er griff nach ihrer Hand, hielt sie fest, und beider Finger verflochten sich. Auch Locke sah aus dem Fenster. Sie spürte, wie Toms Daumen ihren Handrücken streichelte.

Niemand redete. Auch Lambert schien in Gedanken versunken. Die Fahrt verging rasch.

Tom und Locke schreckten auf, als beide Fahrzeuge vor dem Tschilke-Hof bremsten.

Rasch griff Locke, beidhändig, nach ihrem Strohhut.

Vor dem Wohnhaus standen zwei Wagen: Dannys roter Porsche und ein schwarzer Mercedes. Weiter entfernt, an der Hecke bei den Ställen, parkten ein Geländewagen, ein Viehtransporter, ein zweitüriger Ford und ein VW mit eingedrücktem Kotflügel.

Alle stiegen aus. Locke, Tom, der Kommissar und vier Polizisten gingen zum Haus. Lambert wollte klingeln, aber in diesem Moment wurde die Tür aufgerissen.

Ein großer, fleischiger Kerl stand auf der Schwelle. Das rote Gesicht sah aus, als platze es gleich. Er hatte böse Augen. Unter den Nasenlöchern klebte eine stachelige Bürste.

Polizei

„Polizei?“ raunzte er. „Sie haben sich wohl in der Adresse geirrt?“

„Sind Sie der Vieh- und Tierhändler Georg Tschilke?“ fragte Lambert.

„Wer denn sonst! Vielleicht der Weihnachtsmann?“

„Bitte bleiben Sie höflich. Ich bin Kommissar Lambert. Wir haben einen Durchsuchungsbefehl. Es geht um schwere Körperverletzung in Tateinheit mit Rauschgifthandel. Ich hoffe, Sie machen keine Schwierigkeiten.“

„Was?“ brüllte Tschilke. „Höre ich richtig? Wo sind wir denn hier? In einem Rechtsstaat oder . . . Wie kommen Sie auf sowas? Nichts haben wir damit zu tun! Weder ich noch mein Sohn, und meine Frau ist schon lange unter der Erde. Wenn sie sich einbilden . . .“

„Ich habe die Zeugen mitgebracht“, unterbrach ihn Lambert: „Nina Rehm und Engelbert Conradi. Von ihnen werden Sie gleich hören, in was sich Ihr Sohn Daniel verstrickt hat. Um ihn geht es nämlich. Lassen Sie uns rein!“

Tschilke ballte die Fäuste. Sein Gesicht schwoll an.

Gleich trifft ihn der Schlag, dachte Locke. Himmel, sieht der niederträchtig aus! Klar, der handelt mit Tieren wie andere mit Schrott. Daß das Lebewesen sind, hat der nicht gecheckt.

Immerhin - Georg Tschilke beherrschte sich. Mit einem ekligen Räuspern, als spucke er innerlich aus, machte er kehrt. In schweren Schuhen stampfte er voran, daß die Dielen dröhnten. Er stampfte in einen holzgetäfelten Wohnraum, wo Danny am Tisch saß – vor sich ein Herrenmagazin.

Sein schiefes Gesicht sah käsig aus. Offenbar hatte er die lautstarke Auseinandersetzung mitbekommen. Er trug wieder ein Discohemd, heute in rosa. Ein Mode-Designer *(Musterzeichner)* hatte den Stoff mit violettem Muster versehen. Sicherlich war der Designer nicht zurechnungsfähig.

„Sie sind Daniel Tschilke?“ fragte Lambert.

Danny nickte. Sein Gesicht spiegelte Unsicherheit. Aber als sein Blick zu Locke und Tom wanderte, wurde daraus kalte Wut.

So hat mich noch niemand angesehen, dachte Locke. Wenn ich mit dem jetzt allein wäre, hätte ich Angst.

Lambert wandte sich an Tschilke senior und wies ein Dokument vor, den richterlichen Durchsuchungsbefehl.

„Ich protestiere!" raunzte Tschilke.

„Das können Sie. Wir durchsuchen trotzdem. Daß Ihr Sohn mit Heroin handelt, ist erwiesen. Vermutlich befindet sich Rauschgift im Haus. Außerdem. . ."

„Das ist Verleumdung!" Danny bemühte sich um Gelassenheit. Aber seine Stimme war schrill. „Wie kommen Sie darauf?"

„Das will ich gerade erklären. Sie sind beschuldigt, dem Schüler Werner Urban Rauschgift verkauft zu haben. Das Geschäft wurde bei der sogenannten Blitzbuche abgewikkelt, ohne daß Sie beide sich dabei begegneten. Ein gewisser Claus Bader hat den Vorgang jedoch fotografiert und dann versucht, Sie, Daniel Tschilke, mit den Fotos zu erpressen. Daraufhin haben Sie ihm zwei – es müssen mindestens zwei gewesen sein – Schläger geschickt. Um Claus Bader von seinem Vorhaben abzubringen und um die Fotos, einschließlich der Negative, zu beschaffen. Bader wurde lebensbedrohlich verletzt, ist noch immer ohne Bewußtsein und befindet sich zur Zeit auf der Intensivstation des Städtischen Krankenhauses."

Danny war noch blasser geworden. Seine Zähne klickten aufeinander. Sogar sein Vater hatte die Farbe gewechselt. Allerdings – zu schreckhafter Blässe war er nicht fähig. Sein Ballongesicht wurde lila – und rund um die Knollennase grau.

„Kein . . . kein Wort wahr", stotterte der Jüngere.

„Unverschämtheit!" Der Alte schlug mit der Faust in die Luft, als wehre er eine angreifende Giftmücke ab.

Lambert sah Locke und Tom an. „Auch ihr habt den Vorgang beobachtet."

Beide nickten.

Locke sagte: „Wir lagen hinter dem Gebüsch am Waldrand, etwa zwölf Meter von der Blitzbuche entfernt. Daß Tschilke und Urban sich dort treffen wollten, wußten wir. Morgens auf dem Schulhof hatten wir belauscht, wie sich die beiden verabredeten und . . ."

„Ist ja völlig unmöglich!" schrie Danny dazwischen. „Ihr standet viel zu weit entfernt!"

Tom grinste. „Aber ich kann von den Lippen lesen – wie ein Taubstummer. Das habe ich gelernt. Und daß ich mich nicht verlesen habe, beweist ja, was dann nachmittags geschah. Locke, erzähl du!"

Knapp gefaßt, schnurrte sie den Bericht herunter.

Dannys Kiefer begann zu zittern.

„Ist alles gelogen", ächzte er schließlich. „Die wollen mir was anhängen und . . ."

Das Telefon schrillte. Der Alte nahm ab und meldete sich. Mürrisch reichte er Lambert den Höhrer. „Für Sie!"

Der Kommissar lauschte, sagte, es sei in Ordnung, und legte auf.

„Weiteres Leugnen, Daniel Tschilke, ist sinnlos. Werner Urban hat soeben zugegeben, daß er von Ihnen Heroin erhielt. Was Nina Rehm und Engelbert Conradi aussagen, wurde von ihm in allen Einzelheiten bestätigt. Außerdem laufe am Goethe-Gymnasium das Gerücht um, man könne bei Ihnen Rauschgift beziehen. Ich frage Sie deshalb: Wer beliefert Sie?"

Dannys Gesicht zuckte, als werde die Haut mit Nadeln gestochen. Hilflos sah er seinen Vater an. Der starrte auf seine Fäuste.

Durch die Zähne preßte er: „Siehst du, Danny, so kommt's. Ein einziges Mal machst du eine Dummheit – nur weil dir dieser Urban leid tut – und schon bist du dran."

„Ja, Vater." Danny wirkte erleichtert. Fast hätte er gelächelt. Hatte ihm doch sein abgefeimter Papa soeben gezeigt, wie er sich verteidigen sollte.

An Lambert gewandt, sagte Danny: „Ein einziges Mal habe ich Rauschgift vermittelt. Nur diesem Urban. Sonst nie. Wer mich beliefert? Niemand. Das bißchen habe ich von einem Kerl gekauft, der betrunken im Bahnhof rumhing. Vor zwei Wochen war das. Wollte zehn Mark von mir. Weil ich Mitleid hatte, gab ich ihm das Geld. Er steckte mir einen Briefumschlag zu – mit so komischem Zeug. Daß es Rauschgift ist, erfuhr ich erst, als ich es meinem Vater zeigte. Der weiß, wie das aussieht. Zwar habe ich in der Schule überall rumerzählt, daß ich deale. Aber das ist reine Angabe. Ich bin doch nicht bescheuert. Dann kam Urban. Naja, und da dachte ich: Gibst ihm das Zeug. Machst ein Geschäft. Jetzt tut es mir leid."

„Mir kommen die Tränen", sagte Lambert. „Wie kann ein Unschuldsengel wie Sie nur in solchen Verdacht geraten? Vermutlich wäre es Ihnen auch nicht im Traum eingefallen, zu Claus Bader diese Schlägertypen zu schicken."

„Nicht im Traum."

„Aber die Schläger berufen sich auf Sie!"

„Wieso? Sind sie gefaßt worden?"

„Noch nicht. Festnehmen werden wir sie erst, wenn Sie uns die Namen genannt haben."

„Ich kenne keine Schläger, und ich habe niemanden zu Claus Bader geschickt."

Lambert zog einen Zettel aus der Tasche. „Als Claus Bader überfallen wurde, war er gerade dabei, einen Deutschvortrag auf Band zu sprechen. Das Tonbandgerät lief weiter während des Überfalls, unbemerkt von den Schlägern. Was die beiden sagten, lese ich Ihnen vor: *Schönen Gruß von Danny Tschilke! Wir sind seine . . .*"

Der Kommissar wiederholte den gesamten Wortlaut.

Locke beobachtete den Beschuldigten und seinen Vater.

Dannys Gesicht schien einzusinken. Die Zuversicht, die ihn eben noch beflügelt hatte, war wie weggeblasen. Aber der Alte gab nicht auf.

„Danny“, sagte er zu seinem Sohn, „du scheinst Feinde zu haben. Hinterhältige Feinde, von denen du nichts ahnst. Sie wollen dir was einbrocken. Sie müssen gewußt haben, daß dieser Claus Bader dich erpressen will. Also schicken sie ihm Schläger. Logisch, daß der Verdacht dann auf dich fällt. Dafür sorgen schon . . .“

Er sprach nicht aus, wen er meinte. Aber ein tückischer Blick aus seinen Glotzaugen richtete sich auf Locke und Tom.

„Doch es kommt noch besser“, fuhr er fort. „Zufällig läuft ein Tonbandgerät. Natürlich bemerken das die Schläger. Deshalb posaunen sie sofort deinen Namen aus, Danny. Und reden von Fotos und Negativen. Damit du auch richtig belastet wirst, Danny. Das ist so leicht zu durchschauen. Aber die Polizei fällt darauf rein.“

„ Sie sollten Märchentante werden“, sagte der Kommissar. „Wir durchsuchen jetzt. Vielleicht finden wir die Fotos, die Negative oder Rauschgift. Bin gespannt, was Sie uns dann erzählen.“

Er winkte den Polizisten. Die Durchsuchung begann.

Die Tschilkes blieben sitzen. Ihre Ruhe war nicht aufgesetzt, sondern echt.

Vergeblich! dachte Locke. Die Polizisten werden nichts finden. Entweder ist das Versteck entdeckungssicher, oder hier befindet sich nichts, was das Licht scheuen müßte.

Tom fragte, ob er zusehen dürfe. Lambert hatte nichts dagegen. Locke wurde von ihrem Freund an der Hand genommen und mitgezogen, sanft. Bei den Tschilkes sollte sie nicht bleiben. Was die – der junge und der alte – dem Pärchen wünschten, stand in ihren Gesichtern.

„Mit denen haben wir uns Todfeinde gemacht“, flüsterte Locke, als sie in einem Nebenraum waren.

Tom zuckte die Achseln. „Es würde mich beleidigen, hätten die mir Freundschaft angeboten. Diese Halunken kennt man nicht, oder man ist spinnefeind mit ihnen. Was sonst."

Locke lächelte. „Hast recht."

Die Haussuchung dauerte über eine Stunde. Gesucht wurde immerhin zu fünft. Kein Schrank, keine Schublade, keine Kommode, kein Behältnis – wie es verallgemeinernd heißt – blieb ungeöffnet. Die Tschilkes verfügten nur über wenige Fotos. Ihr Hobby war das nicht. Rasch wurden die wenigen durchgesehen. Aber die gesuchten waren nicht darunter. Auch Negative fanden sie nicht. Und von Rauschgift keine Spur.

„Ohne Beweise", sagte Lambert zu Locke und Tom, „steht unsere Beschuldigung auf wackligen Füßen. Zu einer Festnahme reicht es nicht."

„Wenn ich ein Tschilke wäre", sagte Locke, „würde ich meine Heimlichkeiten nicht hier im Haus verstecken, sondern drüben in den Ställen. Das wäre doch einen Blick wert."

„Hm." Den Kommissar überzeugte der Gedanke nicht.

Auch Tom blickte verwundert. Dann bemerkte er den Blitz in Lockes Glutaugen – und verstand. Ihr ging es nicht mehr um Fotos, Negative und Rauschgift. Sie wollte spionieren, hinter Zäune und Hecken spähen, erkunden, wieviele Tiere sie befreien konnten. Davon hing ja auch ab, ob sie ein kleineres oder größeres Transportfahrzeug mieten mußten.

„Na, gut", sagte Lambert."

Als Tschilkes hörten, daß die Polizei auch ‚drüben' nachsehen wollte, zuckten sie die Achseln.

Danny kam mit, um das Tor aufzuschließen.

Vielleicht entdecken wir Eros oder Othello, hoffte Locke, und ihr Herz pumperte vor Aufregung.

Sie betraten das erste Gebäude. Welche Enttäuschung! Es war fast leer. Nur ein Dutzend Kälber stand in den Boxen.

„Wollen Sie im Stroh wühlen oder in den Futtertrögen?" fragte Danny höhnisch.

Die Suche hätte Tage gedauert. Die Polizisten sahen nur in einige Kisten. Säcke mit Hafer wurden oberflächlich untersucht. Aber das war schon im nächsten Stallgebäude, wo zwei Pferde in Ihren Boxen scharrten.

Der Schweinekoben war leer, der kleine Schafstall ebenfalls.

„Und dort?" Lambert wies auf ein barackenartiges Gebäude.

„Das ist für Hunde und Katzen." Danny schnüffelte nervös.

Lambert ging voran.

Jetzt werden wir's erleben! dachte Locke aufgeregt. Sie blinzelte Tom zu.

„Wer macht hier die Arbeit?" fragte der Kommissar.

„Dafür haben wir zwei Leute", antwortete Danny. „Die können mit dem Viehzeug umgehen."

Er öffnete die Tür und knipste Licht an. Klägliches Winseln ertönte.

Locke blickte in einen Mittelgang, der schlaucheng durch das Gebäude führte. Rechts und links waren Boxen abgeteilt – ein Dutzend, mindestens, auf jeder Seite. Strenger Geruch lag in der Luft. Der Boden war verdreckt, der Gitterdraht an vielen Stellen zerrissen.

Wohin sie auch sah – alle Boxen waren leer.

„Im Moment haben wir nur drei Hunde." Danny schob die Hände in die Taschen.

„Hm. Das wär's", meinte Lambert. Er wollte kehrt machen.

„Augenblick, bitte!" Locke hatte die Hunde entdeckt.

Sie befanden sich in der letzten Box links: drei junge Schäferhunde, höchstens fünf Monate alt.

Sie lief zu ihnen. Die Welpen stellten sich am Gitter auf, winselten, jaulten, sprangen dann umher und schoben ihre niedlichen Schnauzen durch den Draht. Es waren entzükkende Vierbeiner: zwei Rüden und eine Hündin. Daß sie aus einem Wurf stammten, sah Locke sofort. Alle waren tief schwarz, aber alle trugen einen lohfarbenen, T-förmigen Fleck auf der Brust.

„Tom!" rief sie. „Bitte komm doch mal! Und sieh dir das an."

Während sie durchs Gitter griff und mal diesen, mal jenen kraulte, fuhr sie fort: „Ich weiß nicht, hat's heute oder hat's gestern in der Zeitung gestanden. Aber genau weiß ich, daß ein Geländewagen, der hinter dem Neptun-Schwimmbad abgestellt war, aufgebrochen wurde. Und . . ."

Sie wandte sich um. „Herr Lambert, das wird auch Sie interessieren. Denn aus dem Wagen wurden drei Schäferhundwelpen gestohlen. Zwei Rüden und eine Hündin. Alle fünfeinhalb Monate alt, alle schwarz, alle mit einem hellen, T-förmigen Abzeichen auf der Brust. Ich behaupte: Hier sind sie."

Der Kommissar trat näher. „Donnerwetter! Du kannst recht haben.Ich habe es auch gelesen. Ja, die Beschreibung trifft zu."

Alle sahen Danny Tschilke an. Der öffnete den Mund, als erwarte er ein Stück Konfekt. Dann schloß er ihn wieder. Seine Augen wurden trüb.

Gleich macht er schlapp, der Mistkerl! dachte Locke. Himmel, dann hat sich's ja doch gelohnt. Befreien können wir hier zwar nichts, weil keine Tiere mehr da sind. Aber wenigstens die drei tapsigen Welpen entgehen ihrem Schicksal.

„Nun, Herr Tschilke!" forderte Lambert in scharfem Ton.

„Das kann ich erklären", ertönte die Stimme des Alten.

Er stand beim Eingang, war also unbemerkt nachgekommen und im richtigen Moment zur Stelle, um seinem Goldsohn beizustehen. Der hätte sicherlich nicht die Nerven gehabt, sich abermals rauszulügen. Aber der Alte war abgebrüht wie ein Gewohnheitsverbrecher, dem die Schamröte ins Gesicht stiege, hätte man ihn bei einer Ehrlichkeit ertappt.

„Die drei Köter haben wir einem Landstreicher abgekauft", behauptet er, während er seine massige Gestalt näherschob. „Ist noch keine zwei Stunden her. War ein ziemlich abgeluderter Kerl. Aber daß der einen Geländewagen aufbricht und . . . Nee, also wirklich! So sah der nicht aus. Hätte ich nie vermutet. War so ein kleiner Schmächtiger mit 'nem ängstlichen Mausgesicht."

„Jaja", echote Danny. „Ich habe ihn gesehen: ein ängstlicher Kleiner mit einem schmächtigen Mausgesicht. Hast du ihm viel bezahlt, Vater?"

„Nicht viel. Aber immer noch zuviel. Denn wenn die Köter wirklich gestohlen sind, ist jede Mark verloren. Daß dieser Landstreicher gefunden wird, daran glaube ich nicht."

„Darin stimme ich mit ihnen überein", nickte Lambert. „Ich wette sogar, daß die kleine Maus mit dem schmächtigen Angstgesicht vom Erdboden verschwunden ist. Auf Nimmerwiedersehen. In Luft hat er sich aufgelöst, der Kerl. Ihnen, Herr Tschilke, gilt mein Mitgefühl. Es muß schrecklich sein, wenn einem selbst oder dem Herrn Sohn soviel Böses widerfährt. Da wird ihm, dem Sohn, einfach so Rauschgift geschenkt. Dann schicken böse Feinde Schläger zu Claus Bader, nur um Ihren Sohn in Verdacht zu bringen. Und ein diebischer Landstreicher verkauft Ihnen gestohlene Hunde. Was für ein schwarzer Tag für Sie, Tschilke."

Die Ironie *(versteckter Spott)* beeindruckte den Tierhändler wenig. Er nickte, als wären Lamberts Worte bierernst.

„So geht's eben manchmal. Aber da muß man durch. Und dann kommen wieder bessere Zeiten."

„Darauf würde ich mich nicht verlassen – an Ihrer Stelle", sagte Lambert kalt. „Betrachten Sie die drei Hunde als sichergestellt. Der Besitzer wird benachrichtigt und dann herkommen, um die Tiere zu identifizieren. In der anderen Angelegenheit hören Sie noch von uns. Sollte sich herausstellen, daß Sie oder Ihr Sohn irgendwelche Handlanger gedungen haben, Claus Bader zu überfallen – sollte sich das her-

ausstellen, haben Sie mit schwerwiegenden Folgen zu rechnen. Guten Abend!"

Er ging zum Ausgang. Locke, Tom und die Polizisten folgten ihm.

Als sie in die Wagen stiegen, kamen Tschilke und Sohn langsam durchs Tor. Sie drückten die Brust heraus, als wollten sie damit dokumentieren: Wir haben eine Schlacht geschlagen, und der Sieg gehört uns.

„Wenn die könnten, wie sie möchten, Locke, würden sie uns in der Luft zerreißen." Tom grinste.

„An solche Mißerfolge habe ich mich gewöhnt", sagte Lambert. „Wenn die Beweise fehlen, triumphieren die Ganoven. Alle Indizien *(Verdachtsgründe)* sprechen zwar gegen sie, sind aber nicht stark genug. Selbst wenn ich den Jungen verhaftet hätte – morgen setzt sein Anwalt durch, daß er auf freien Fuß kommt. Und ich werde von meinem Chef gerüffelt. Tut mir leid, daß ich euch so anschaulich vorführen muß, wie das Unrecht die Oberhand behält."

„Wir sehen das schon richtig", sagte Locke.

„Außerdem", merkte Tom an, „ist noch nicht aller Tage Abend."

„Und in gewisser Weise, Herr Lambert", orakelte *(rätselhaft reden)* Locke, „haben Sie uns mehr geholfen als Sie glauben."

13. Caruso und die Bratwurst

Es dunkelte bereits, als Locke und Tom beim Polizei-Präsidium auf ihre Roller stiegen. Sie hatten jetzt doch zuhause angerufen, damit weder Gunter noch Helga sich Sorgen machten. Auch eine Nachricht aus dem Krankenhaus lag vor. Claus Bader sei nicht mehr in Lebensgefahr. Sein Zustand bessere sich. Allerdings sei er noch nicht vernehmungsfähig. Bei dem Sturz habe er sich offenbar am Hinterkopf eine schwere Verletzung zugezogen.

Der Abend war lau. Sterne kamen nicht hervor. Aber der Mond sah aus, als hätte er zu lange in der Sonne gelegen und sich die Haut verbrannt. Außerdem war er so rund, daß man sich hätte fragen können, warum er nicht rollt.

Für Tom war es selbstverständlich, daß er Locke nach Hause brachte.

Sie fuhren durch leere Straßen. Zwischen den Häusern staute sich die Hitze des Tages. Motten umkreisten Laternen. Viele Fenster standen offen.

Außerhalb der Innenstadt konnten sie nebeneinander fahren, gemächlich – als müßten die letzten Tropfen Benzin bis nach Hause reichen.

„Mit unserer Nacht-und-Nebel-Aktion bei Tschilke ist ja nun nichts", stellte Tom fest. „Oder wollen wir die Kälber befreien?"

„Die sind für den Schlachthof bestimmt. Ist auch ziemlich traurig. Aber da können wir nichts machen. Wir können die Menschen nicht zwingen, vegetarisch *(fleischlos)* zu leben."

Tom atmete auf. Er hatte sich gerade ausgemalt, wie ihm nachher eine Portion kalter Braten schmecken würde.

„Die Aktion machen wir trotzdem", sagte Locke.

„Aber", Tom nahm noch mehr Gas weg, „dabei kommt doch nichts raus. Tschilke ist jetzt gewarnt. Der weiß, daß ihn die Polizei im Visier hat. Wir haben ihn erwischt mit drei gestohlenen Hunden. Der wird sich hüten . . ."

„Wer redet denn von Tschilke“, unterbrach Locke. „Wir gehen dorthin, wo Hilfe am dringendsten nötig ist: nach Stepperheide, in Mäuchlers Tierversuchsanstalt.“

„Aha!“ Tom nickte und dachte: Völlig klar! Warum ist mir das nicht eingefallen?

Er fuhr links neben ihr, wandte den Kopf und bewunderte – wie so oft – ihr Profil.

Sie saß sehr aufrecht. Das braune Haar wehte. Locken hin, Locken her – es war eine prächtige Mähne. Die Krempe des Strohhuts, die im Fahrtwind flatterte, bog sich jetzt über ihr reizvolles Gesicht. Soeben rutschte der Riemen ihrer Umhängetasche von der Schulter. Locke griff danach und schob ihn zurück, eine alltägliche Geste, die doch bei ihr voller Anmut war.

„Morgen ist Samstag, Tom. Morgen fahren wir nach Stepperheide und sehen uns um. Wann holst du mich ab?"

„Wann du willst." Er grinste. „Ich komme sogar vor dem Aufstehen."

„Lieber eine halbe Stunde später. Ich mache morgen mein großes Yoga-Programm."

Sie einigten sich auf neun Uhr.

Das Viertel war still. In Lockes Straße brannten nur zwei Laternen. Sie hielten vor dem Haus. Tom lehnte seinen Hirsch an den Zaun. Fürsorglich schob er Lockes Mofaroller in die Garage, wo die übrigen Fahrzeuge der Familie Rehm sich bereits auf die Nacht vorbereiteten.

Vor der Garage war es dunkel. Ein Glühwürmchen schwebte vorbei. Im Garten spielten die Grillen in großer Besetzung. Blühende Sträucher verströmten starke Düfte. Aber Tom hatte keine Ahnung, wie die Sträucher hießen.

Er trat zu Locke. Sie roch noch besser als die Blüten.

„Eigentlich komisch", sagte er. „Seit ich dich kenne, brauche ich keinen Freund mehr. Ich meine, ich habe ja Freunde. Aber lieber bin ich mit dir zusammen. Notfalls rund um die Uhr."

„Notfalls?"

„Ich meine, ich hätte nichts dagegen. Und das will was heißen. Im allgemeinen brauche ich nämlich meinen Freiraum, wie man so sagt."

Sie lachte leise.

Behutsam nahm er ihr den Strohhut ab.

„Das ist nicht deine Größe, Tom."

„Ich weiß."

Er hängte den Hut an den Griff des Garagentors, dann zog er Locke an sich und legte beide Arme um ihre schlanke Gestalt. Einen Moment standen sie so. Er spürte ihre Wärme und dachte: Wie schmal sie ist! Sein Mund strich über ihre Wange und berührte dann zart ihre Lippen. Als sie einen Arm um seinen Nacken schlang, hämmerte ihm das Herz bis in den Hals; er wagte kaum zu atmen.

„Wahrscheinlich bis du eine kleine Hexe", murmelte er durch das knisternde Haar in ihr Ohr.

„Wieso?" flüsterte sie.

„Mich hast du jedenfalls verhext. Oder du bist eine Zauberin und hast mich verzaubert."

„Jetzt ist es raus. Du hast mich durchschaut. Aber nicht weitersagen, daß ich zaubern kann."

Er küßte sie auf den Hals, wo das Blut unter der Haut pochte. „Aber du mußt versprechen, daß du deinen Zauber nur bei mir anwendest."

„Mache ich. Simsalabim!" Sie löste sich von ihm und nahm ihren Hut. „Ich muß jetzt rein, Tom. Gute Nacht!"

Zum Abschied küßte sie ihn auf den Mund. Dann lief sie die Stufen zum Eingang hinauf.

Er sah ihr nach, ohne sich zu rühren.

Sie winkte, bevor sie die Tür hinter sich schloß.

Nein! dachte er. Es wäre albern, wenn ich mich hier vor den Eingang lege und ihren Schlaf bewache. Aber wenn's nötig wäre, täte ich's sofort. Und nicht nur das!

Er schob seinen ‚Hirsch' bis zur Straßenecke. Die Ehrfurcht vor der weihevollen Stimmung gebot ihm, den knatternden Motor erst dort anzuwerfen.

★

Er hieß Caruso, war also nach dem berühmten Sänger benannt, obwohl er überhaupt nicht singen konnte und auch

keine italienischen Vorfahren hatte. Er war eine Promenadenmischung, in der sich Spitz, Pudel, Spaniel – und vermutlich noch eine Rasse – eindrucksvoll vereint hatten. Sein Frauchen war eine schrullige Alte namens Erna Pöckemeier.

Sie liebte Caruso – genauer gesagt: beide Carusos, den längst verstorbenen Sänger und ihren Hund. Sie bezog eine beachtliche Pension, war nämlich Studiendirektorin gewesen, aber nun schon 13 Jahre im Ruhestand.

Ihre Wohnung am Messe-Park sah nur noch selten Besucher. Aber Erna Pöckemeier kam auch allein zurecht. Um ihre Musikanlage hätte ein Hifi-Fan sie beneidet. Stundenlang hörte sie Musik – mit Kopfhörer, versteht sich. Denn ihre Schwerhörigkeit nahm zu, was größere Lautstärke erforderte. Diesen Kunstgenuß ohne Kopfhörer – da hätten die Nachbarn nicht mitgemacht. Egal, ob es sich um Caruso handelte oder um die Rolling Stones.

Drei Spaziergänge täglich hielten beide fit, Caruso und sein Frauchen. Und jetzt, gegen 21.40 Uhr an diesem lauen Sommerabend, war es wieder soweit.

Caruso jagte die Treppe hinunter und verharrte an der Haustür, wo Erna Pöckemeier ihn an die Leine nahm. Sie traten ins Freie. Caruso schnupperte nach links und nach rechts, ob etwa der bissige Terrier aus dem Neubau drüben wieder durch die Gegend strawanzte *(herumtreiben)*, was für den typisch war; denn der hatte, obwohl reinrassig, überhaupt keine Lebensart.

Die Luft war rein. Sie überquerten die Straße und betraten den Messe-Park.

An diesem Abend waren in der Stadt 96 Prozent aller Fernsehapparate eingeschaltet. Ein wichtiges Fußballspiel im Europapokal wurde übertragen. Das fegte die Straßen leer. Und in den Parks waren Insekten, Nachtvögel, Igel und streunende Katzen unter sich.

Wo niemand ist, dachte Erna Pöckemeier, da sind auch keine Räuber. Vor denen fürchtete sie sich. Gesehen hatte sie noch keinen. Aber man las ja in der Zeitung, daß die Überfälle immer dreister wurden.

Zwanzig Schritte parkeinwärts ließ sie Caruso von der Leine.

Raketengleich schoß er davon. Er war noch jung und dank der vielrassigen Blutauffrischung voller Kraft. Zwar kannte er im Messe-Park jeden Weg und jeden Strauch aber andere Hunde pinkelten jeden Tag aufs neue ihre Hoheitsbezirke ab – und das war immer wieder interessant.

Erna Pöckemeier folgte ihm, so rasch sie konnte. Der Park war groß, sein Wegenetz nur aus dem Flugzeug überschaubar. Die Büsche standen dicht beieinander, Bäume gruppierten sich. An Laternen hatte die zuständige Abteilung der Stadtverwaltung gespart. Und der Mond mit seinem Sonnenbrand spendete heute wenig Licht.

Erna Pöckemeier verlor Caruso aus den Augen.

Doch das beunruhigte sie nicht, geschah es doch jeden Abend. Caruso tobte sich aus und kehrte dann, ohne daß sie ihn pfiff – was sie nicht mehr konnte, seit sie die dritten Zähne hatte – zu ihr zurück.

Von der finsteren Gestalt, die unweit von ihr durch die Büsche pirschte, ahnte die alte Dame nichts.

Fred Lämmel, der ehemalige Bankräuber und derzeitige Schläger und Hundejäger, trug einen rißfesten Sack unterm Arm. Seit einer Stunde suchte er die einsamen Parks ab. Das Fußballspiel interessierte ihn nicht. Außerdem sagte er sich, daß seine Chancen an so einem Abend gut stünden. Denn schließlich – was ein Hund ist, der muß raus und sein Geschäft machen, gleichgültig ob auf der Mattscheibe gekickt wird oder die zehnte Wiederholung eines alten Spielfilms vorbeiflimmert.

Jetzt schien seine Rechnung aufzugehen.

Er hatte Erna Pöckemeier und Caruso beobachtet. Keuchend rannte er, links des Weges, in die Richtung, in die Caruso gehetzt war.

Dessen Vorsprung war erheblich. In diesem Augenblick hechelte er um eine Biegung und dann zu dem Platz mit dem Springbrunnen, wo ringsum Bänke standen und dahinter Pyramidenbäume, Kegelbäume und zentnerschwere Steinvasen, die stark beschädigt und daher diebstahlssicher waren.

Die Fontäne *(Wasserstrahl)* des Springbrunnens stieg auf, fiel klatschend ins Überlaufbecken, von wo das Wasser ins Bassin hinab plätscherte. Manchmal badete Caruso dort – bei großer Hitze. Jetzt lockte ihn was anderes an: der Duft einer Bratwurst.

Bruno Aspe, Tschilkes zweiter Tierwärter, saß im Dunkeln. Er war schlechter Stimmung. Erstens, weil er bis jetzt weder Hund noch Katze erwischt hatte; zweitens, weil draußen in Pesseldorf der Teufel los war. Jedenfalls – als sein Chef, Tschilke, ihn vorhin angerufen hatte, klang es so. ‚Kein Vieh mehr hierher', sagte der. ‚Alle zu unserem Freund in der Stadt. Der beliefert Mäuchler dann direkt. Auf mich passen die verdammten Bullen jetzt auf.'

Unverschämtheit! dachte Aspe. Die Polizei mischt sich in alles ein. Und ein verdammtes Pech, daß das schiefgelaufen ist – mit diesem Claus Bader.

Jetzt machte Aspe Pause. In einer Imbißbude auf der anderen Seite des Parks hatte er sich zwei Bratwürste und eine Flasche Bier geholt. Die Flasche war geleert. Eben biß er die zweite Wurst an.

Das Sprühen, Klatschen und Plätschern des Springbrunnens übertönte die andern Geräusche. Außerdem herrschte hier Finsternis wie in einer zugenähten Hosentasche.

Aspe bemerkte Caruso erst, als der ihn mit der Schnauze anstupste.

Gib mir ein Stück von der Bratwurst! hieß das in Carusos kumpelhafter Art.

Aber Aspe war zusammengezuckt wie das leibhaftige schlechte Gewissen.

Seine knochige Gestalt beugte sich vor. Das Totenschädelgesicht näherte sich dem kleinen Hund.

Vielleicht hätte Caruso sich bei Tageslicht gegraust. Außerdem roch Aspe übel – wie die meisten Kettenraucher. Aber die Bratwurst roch verlockend, und weil auch Spanielblut in ihm kreiste, war Caruso verfressen.

„Heh!" Aspe hustete, was er häufig tat. „Wo kommst du denn her, Köter? Allein?"

Caruso jaulte erwartungsvoll.

Aspe hiel ihm ein Stück Wurst hin.

Caruso schnappte es, wollte mehr und stellte die Vorderpfoten auf die Bank.

Aspe spähte die Wege entlang.

So weit er sehen konnte – niemand.

Er gab Caruso ein zweites Stück Bratwurst. Gleichzeitig zog er den zusammengerollten Sack unter der Jacke hervor.

„Gutes Hundchen!" sprach er beruhigend. Und im gleichen Ton: „Wenn du kläffst, schlage ich dich tot, Mistköter."

Er entrollte den Sack, stellte einen Fuß in die Öffnung, weitete sie mit einer Hand und warf – mit der anderen – den Rest der Wurst hinein.

Caruso sprang hinterher. Für ihn war das eine Höhle, ähnlich seinem Iglu *(runde Eskimohütte aus Eis; hier: Hundehütte aus Weidengeflecht)* zu Hause.

Aspe schnellte auf die Füße und riß den Sack hoch, wobei er die Öffnung zusammenraffte.

Caruso fiel kopfüber, wußte nicht, wie ihm geschah, wurde gebeutelt, verstand nicht, was los war mit dieser Höhle, fand aber – während er zappelnd oben und unten erkundete – den Rest der Bratwurst.

Aspe drehte den Stoff der Sacköffnung, als wringe er Wäsche. Mit einer Hand suchte er dann in der Hosentasche nach einer Schnur zum Zubinden.

Caruso hatte die Wurst gefressen, schlug unfreiwillig einen Purzelbaum und winselte leise.

„Mistköter!" zischte Aspe. „Maul halten! sage ich."

Caruso jaulte.

„Maul halten!" Aspe trat gegen den Sack.

In dieser Sekunde griff Lämmel ein.

Er war gerannt, was das Zeug hielt, hatte den Springbrunnenplatz erreicht und gerade noch gesehen, wie so ein Kerl den Hund – seinen Hund, seine Beute! – in den Sack stopfte.

Lämmel sah das tatsächlich, schemenhaft zumindest, denn seine Augen hatten sich der Dunkelheit angepaßt.

Wer da – als vermeintlicher Amateur *(Nichtfachmann)* – den Hundejägern Konkurrenz *(Wettbewerb um etwas)* machte – das erkannte Lämmel freilich nicht.

Dem zeige ich's! dachte er. Wildert in meinem Bezirk. Der kann was erleben!

Von hinten sprang er ihn an.

Aspe schrie auf. Der Anprall warf ihn zu Boden. Seine Hände ließen den Sack fahren. Aspe prallte auf die Brust. Sein Gesicht schrammte in den Kies. Damit nicht genug – Lämmel kniete sich auf ihn. Er riß Aspe an den Haaren. Gleichzeitig schlug er auf ihn ein. Das gebot ihm die Angst. Denn er merkte erst jetzt, daß sein Gegner kein Kümmerling war, sondern ein starkknochiger Hüne. Also schnell ihn fertigmachen, ehe der die Überraschung abschüttelt!

Aspe hustete in den Kies. Dann schleuderte er den rechten Arm sensenartig hinter sich.

Seine Faust, groß wie eine Kokosnuß, traf Lämmel am Kopf.

Es krachte. In Lämmels Hirn gingen die Lichter aus. Er fiel zur Seite. Aspe wälzte sich herum. Wütend stieß er ihm die Faust ins Gesicht.

Lämmel kippte in den Kies. Blut lief ihm aus der Nase, aber groggy *(k.o.)* war er noch nicht.

Als Aspe sich aufrichtete, trat Lämmel ihn ans Kinn.

Aspe sank aufs Kreuz. Lämmel blieb liegen und keuchte.

Wieder hustete Aspe. Es klang bedrohlich, als sondere er seine Lunge stückweise ab: eine Folge der täglichen 80 Zigaretten, ohne die er nicht leben konnte.

In Lämmels Kopf war es aufgeklart. Er hörte das Husten. Erinnerung durchzuckte ihn.

„Aspe?"

„Was?" Aspe lallte. Er war noch benommen. Außerdem hatte er sich auf die Zunge gebissen.

„O Mann! Das darf nicht wahr sein." Lämmel stöhnte, ohne seine Haltung zu verändern.

„Was?"

„Ich bin's! Lämmel! Erkennst du mich nicht?"

„Lämmel? Ach, Lämmel!"

„Aspe! Mensch, hätte ich das gewußt!"

„Lämmel, der neue, nicht wahr? Scheiße!"

„Das kannst du laut sagen. Nein, doch lieber nicht!"

Lämmel stützte sich auf die Hände.

„Warum greifst du mich an, du Rindvieh?" murmelte Aspe.

„Hab nicht gesehen, daß du's bist. Dachte, ein anderer . . . Heh, wo ist der Köter?"

„Im Sack!"

„Da war er. Aber jetzt. . . Da rennt er. Dort! Weg ist er."

Aspe richtete sich auf.

„Hast du sauber hingekriegt. Ich hatte ihn schon. Neue Besen kehren gut, wie?"

„War doch ein Irrtum", murmelte Lämmel zerknirscht. „Kann passieren."

„Der Köter ist weg."

„Jaja, er ist weg."

Aspe befühlte sein Kinn.

„Scheint ein Pechtag zu sein, Lämmel. Kann aber auch sein: Du und Porczik – ihr seid zu allem zu blöd."

„Wie meinst du das?"

Aspe berichtete von der Haussuchung bei Tschilke.

Lämmel erstarrte. Dann brach ihm kalter Schweiß aus.

„Von . . . von . . . dem Tonbandgerät haben wir nichts gesehen", stammelte er. „Verdammt!"

„Da habt ihr dem Chef was eingebrockt. Natürlich wird er euch nicht verpfeifen. Denn das wäre ja gleichzeitig das Geständnis, daß er euch zu diesem Bader geschickt hat."

„Pst? Da kommt wer."

Erna Pöckemeier näherte sich, blieb aber stehen, bevor sie den Platz erreichte.

„Caruso!" rief sie. „Wo steckst du denn? Böser Hund!"

Aber Caruso war nicht mehr hier, sondern in Richtung Heimat getürmt.

Von den beiden Hundejägern hätte die alte Dame nichts bemerkt.

Aber Aspe konnte seinen Husten nicht zurückhalten. Er belferte los.

Erna Pöckemeier hörte das. Sie hatte Angst. Doch die Sorge um Caruso war größer. Sie trippelte heran.

Als sie die beiden umrißartig erkannte, saßen sie nebeneinander auf der Bank.

„Entschuldigung! Ich suche meinen Hund. Haben Sie ihn zufällig gesehen?"

„Wir sind noch nicht lange hier", antwortete Lämmel. „Eine Wildsau ist vorbei gekommen, und das andere war wohl ein Marsmensch. Ein Hund war nicht dabei."

„Wie bitte? Ja, danke! Entschuldigen Sie, daß ich gestört hatte."

Eilig machte sie kehrt. Sie ging den Weg zurück, rief ständig nach ihrem Hund und grämte sich wegen der heutigen Jugend. Wie unhöflich manche waren! Dann begann sie, sich Sorgen zu machen. War Caruso einen anderen Weg zurückgelaufen?

Nahe dem Parkeingang hörte sie sein Winseln. Er saß neben einem Abfallkorb, hatte wohl gewartet und sprang ihr jetzt freudig entgegen.

Sie kraulte ihm den Kopf und dachte: Wahrscheinlich ist er an mir vorbei gelaufen, und ich habe es nicht bemerkt. Allmählich werde ich alt.

Sie leinte ihn an und überquerte mit Caruso die Straße.

Zu Hause erhielt Caruso sein Gute-Nacht-Leckerli.

Das Erlebnis mit den Hundejägern hatte er bereits vergessen – nicht ahnend, wie knapp er einem grausigen Schicksal entgangen war.

14. Mäuchler beim Frühschoppen

Vor dem Morgengrauen hatte es geregnet, aber jetzt strahlte die Sonne, und die Pfützen auf der Landstraße nach Stepperheide trockneten aus.

Locke und Tom hatten ihre Roller aufgetankt, was kein allzu großes Loch ins Taschengeld riß. Zwar wurde das Benzin jeden Tag teurer. Doch der ‚Durst' ihrer Feuerstühle war gering.

Sie fuhren hintereinander. Denn der Ausflugsverkehr – wie an jedem schönen Sommerwochenende – rollte bereits. Die Städter strebten ins Grüne. Mancher Wagen trug Kajak oder Surfbrett. Kinder winkten durch die Heckscheibe.

Ihr Weg führte durch Pesseldorf, aber nicht am Tschilke-Hof vorbei. Sechs Kilometer entfernt lag Stepperheide, ein größeres, von Wald umgebenes Dorf. Die Kapelle aus dem 12. Jahrhundert war eine Sehenswürdigkeit, das Dorfgasthaus bekannt für seine großen Forellen. An der Peripherie *(Außenrand)* waren Wochenendhäuser entstanden – mit und ohne Swimmingpool, aber der dörfliche Charakter von Stepperheide blieb erhalten.

Am Dorfplatz fragte Locke ein Mädchen ihres Alters nach dem Weg.

Die Tierversuchsanstalt lag am Ende des Dorfes. Das Gelände war umzäunt. Die Straße führte am Tor vorbei. Ein Spazierweg verlief neben dem mannshohen Drahtzaun bis zum Ende und führte dann weiter zum Waldrand.

Langsam fuhren Locke und Tom die Straße entlang, am vorletzten Grundstück vorbei, dann zur Tierversuchsanstalt und daran entlang.

Mein Gott! Hier geschieht das alles! dachte Locke. Der Gedanke an die gequälten Tiere genügte. Sie fühlte sich, als wäre sie selbst in der Folterkammer.

„Ist ja ein riesiges Grundstück", sagte Tom. „Aber man sieht nichts."

Jedenfalls nichts, was auf die Quälerei hinweist, dachte Locke.

Dr. Anton Mäuchler hatte sich abgeschirmt. Jenseits des Zaunes wuchs eine dichte Hecke. Wo sie nicht dicht oder hoch genug war, hatte man Schilfmatten als Sichtblenden aufgehängt – ähnlich wie beim Tschilke-Hof. Im Hintergrund, weit vom Tor entfernt, standen mehrere Gebäude.

„Zunächst müssen wir erkunden", meinte Locke, „wieviele Typen dort ihr Unwesen treiben. Aber wie?"

„Hier geht's nach Kleinlehe", Tom grinste. „Kostet nur Benzin. Machen wir kehrt."

Sie waren der Landstraße ein Stück gefolgt, wendeten und fuhren zurück. Die Versuchsanstalt lag jetzt auf ihrer Seite. Sie machten lange Hälse, sahen aber nicht mehr als eben. Locke rollerte bis zum nächsten Grundstück, bis zu Mäuchlers Nachbarn, und hielt. Nachbarn – das wußte sie – sind im allgemeinen gesprächig.

In einem Garten mit Tausenden blühender Blumen stand ein windschiefes Häuschen. Ein alter Mann, knorrig wie eine Baumwurzel, strich seinen Gartenzaun an. Mit Teerfarbe. Er schmauchte Pfeife und legte jetzt den Pinsel aus der Hand.

„Ja, wenn das nicht die kleine Rehm ist . . . Oder täusche ich mich?"

Locke staunte. Sie kannte den Mann nicht.

„Ich bin Nina Rehm."

Der Alte lachte. „Da wunderst du dich, wie?" Begegnet sind wir uns noch nicht. Aber dein Vater hat mir Fotos gezeigt. Bist ja in Wirklichkeit noch hübscher. Ich bin Oswald Hüven."

Jetzt war alles klar. Sie gab ihm die Hand und stellte Tom vor.

„Du mußt wissen, Tom: Herr Hüven ist freier Mitarbeiter beim Tagblatt und für meinen Papi unersetzlich. Herr Hüven berichtet über alles, was hier im Landkreis wichtig ist. Und schreibt druckreif, wie Papi sagt", setzte sie hinzu.

„Naja, schmunzelte Hüven, „ich gebe mir Mühe. Und ihr macht einen Ausflug?"

„Mehr oder weniger." Locke nahm den Hut ab und schüttelte ihr Haar. „Wir interessieren uns für alles, was am Wegesrand liegt. Ist das die Tierversuchsanstalt von diesem Dr. – eh – wie heißt er noch gleich?"

„Mäuchler." Hüvens Gesicht umwölkte sich. „Beinahe hätte ich gesagt: Eine Schande, daß dieser Mistkerl mein Nachbar ist."

„Mistkerl?" Locke gratulierte sich im Stillen. Das Gespräch lief auf dem richtigen Gleis.

„Na, und ob! Was für ein Mensch ist das wohl, der mit Tieren sowas anstellt? Im Interesse der Wissenschaft? Daß ich nicht lache! Nur ein Sadist *(jemand, der Freude an Grausamkeiten hat)* kriegt das fertig. Wäre da drüben nicht alles schalldicht, hielte ich's hier nicht aus. Ich könnte die Schmerzensschreie nicht ertragen. Ich mag Tiere. Daß sie gefoltert werden, treibt mir die Galle ins Blut."

„Schrecklich!" nickte Locke. „Tom und ich denken da wie Sie. Macht dieser Mäuchler das allein?"

„Nein. Er hat zwei sogenannte wissenschaftliche Assistenten."

„Wohnen die auf dem Gelände?"

„Das wäre wohl nichts für die. Die kommen morgens aus der Stadt und fahren abends heim."

„Mäuchler wohnt also allein?"

„Im Hause, ja. Er ist Junggeselle. Aber im Garagenanbau wohnt sein Hausmeister – oder wie man den bezeichnen soll. Ein gewisser Kobrutschik. Den habe ich gefressen wie Schmierseife. Ein ekliger Kerl! Wenn ich nicht da bin, reißt er meinen Blumen die Köpfe ab. Paßt zu ihm. Was schön ist, zerstören sie, diese Sadisten. Und Zerstörung gefällt ihnen."

„Ihr Garten ist herrlich!" lobte Locke.

Damit lag es auf der Hand, sich den Blumen zuzuwenden. Aber dazu kam es nicht mehr. Sie wurden abgelenkt.

Ein weißer Opel Kadett bog von der Straße ab und hielt vor Mäuchlers Tor. Die Fahrerin stieg aus. Sie blickte kurz zu den dreien her, wandte sich dann dem Tor zu und drückte auf die Klingel.

Die Frau war jung, ihre Aufmachung wirkungsvoll: Sie hatte rotes Haar, das zu einem langen Zopf geflochten war, und ein stark geschminktes Gesicht mit hohen Backenknochen. Sie trug einen hellen Leinenanzug.

„Wer ist denn das?" murmelte Hüven. „Die habe ich noch nie hier gesehen. Will wohl ihren Hund verkaufen, wie?"

Das Tor bestand aus Bohlen und war hoch. Auch die Tür daneben wies Blicke ab. Jetzt wurde sie geöffnet. Ein bulliger Kerl trat hervor. Sein Gesicht war wie aus grobgeformtem Lehm – mit tiefliegenden Augen und niedriger Stirn.

„Das ist Kobrutschik", sagte Hüven.

Verächtlich wandte der – aber das war wohl zufällig – Hüven, Locke und Tom den Rücken zu.

Das hatte zur Folge, daß die Frau sich in ihre Richtung drehte. Sie sahen sie von vorn, vermieden es aber, auffällig hinzustarren. Nur Tom luchste aus den Augenwinkeln. Wie in Großaufnahme sah er den Mund der Frau.

Verstehen konnte er nicht, was sie und Kobrutschik redeten. Aber von ihren Lippen las er wie aus einem Buch.

„Mein Name ist Verena Paulsen", sagte die Frau. „Ich möchte Dr. Mäuchler sprechen. Georg Tschilke schickt mich."

Was Kobrutschik antwortete, entging Tom, denn der Hausmeister stand mit dem Rücken zu ihm.

Aber Verena Paulsen zeigte sich – unfreiwillig – von ihrer nettesten Seite, indem sie lächelnd das Wichtigste wiederholte.

„Zum Frühschoppen? Aha. Und wo finde ich die Waldschänke?"

Kobrutschik sagte es ihr. Sie nickte, bedankte sich und stieg in ihren Wagen.

„Wo geht's denn hier zur Waldschänke?" wandte Tom sich an Hüven.

„Ach, das hat sich wohl rumgesprochen, daß man da gut ißt? Ihr fahrt ortseinwärts, dann die zweite Straße links – und immer geradeaus bis zum Waldrand."

„Dann wollen wir Sie nicht länger aufhalten." Locke gab ihm die Hand.

Tom wünschte ein angenehmes Wochenende. Der Alte sagte noch, daß er sich über ihren Besuch freuen würde – und er ihnen dann den Garten zeigen könnte. Worauf die beiden erwiderten, sie kämen bestimmt.

Als sie ein Stück gerollert waren, sagte Tom: „Sie heißt Verena Paulsen, ist von Georg Tschilke geschickt und will zu Mäuchler. Der sitzt beim Frühschoppen in der Waldschänke."

„Dein Lippenlesen ist Gold wert, Tom. Nichts wie hin!"

Vor der Waldschänke parkten zwei Dutzend Fahrzeuge. Aber der weitläufige Speisesaal war dem Ansturm gewachsen und nur zu einem Drittel gefüllt.

Als Locke und Tom eintraten, sahen sie, wie Verena Paulsen mit einer Bedienung sprach. Die wies nach hinten, wo gemütliche Nischen abgeteilt waren. Sie imitierten *(nachahmen)* Lauben. Künstliches Weinlaub verkleidete die Trennwände.

Verena ging auf die zweite Nische zu, wobei sie sich wie ein Mannequin *(Vorführdame)* auf dem Laufsteg bewegte.

„Gleich schlägt sie mit den Hüften die Kaffeekannen von den Tischen", sagte Locke. „Mal rechts, mal links, immer abwechselnd. Aber die Männer glotzten."

Tom lachte. „Manche haben's nötig. Du, dann ist das Mäuchler."

Er meinte den Mann, der in der zweiten Nische saß. Allein. Die Weinflasche, die vor ihm stand, nicht gerechnet. Nur die zweite Nische war besetzt.

„Los, Tom! Wir setzen uns in die dritte. Und belauschen."

Sie schlugen einen Bogen, näherten sich gleichsam von hinten, gingen an der sechsten, fünften und vierten Nische vorbei, um dann lautlos in die dritte zu schlüpfen. Niemand hatte sie gesehen: weder Verena Paulsen noch Mäuchler.

Sie setzten sich an die Trennwand und lehnten die Köpfe zurück. Wie sie jetzt feststellten, handelte es sich nicht um Holzwände, sondern um Gitter – hölzerne –, wie sie an Hausmauern angebracht werden, damit sich wilder Wein hochranken kann. Blätter und Reben aus Plastik schlossen dicht wie ein Vorhang. Blicke konnten nicht durch, Geräusche fast alle.

„. . . hat mir Georg schon von Ihnen erzählt, Verena", sagte eine kantige Männerstimme. Sie dämpfte sich so wenig wie die lärmenden Ausflügler vorn an den Fenstertischen.

„Hoffentlich nur Gutes." Verena lachte geziert.

„Aber ja! Daß Sie als Hundejägerin die anderen in den Schatten stellen." Er lachte, was wie Hämmerschläge klang. „Liegt wohl an der weiblichen Raffinesse *(Durchtriebenheit)*."

„Mir macht's einfach Spaß", sagte sie.

„Freut mich. Ich finde mutige Frauen bezaubernd. Weshalb schickt Georg Sie?"

„Er wollte nicht selbst kommen. Offenbar befürchtet er, daß die Polizei ihn beobachtet. Gestern ist nämlich die Katastrophe über ihn hereingebrochen. Und das war so . . ."

Sie berichtete von der Haussuchung, von der Vorgeschichte, von Claus Bader und von den gestohlenen Schäferhundwelpen, die man bei ihm, Tschilke, gefunden hatte.

„Das alles", fuhr sie fort, „ist ein verdammtes Pech. Es zwingt Tschilke, jetzt erstmal kurz zu treten. Denn die Polizei wird ihn im Auge behalten. Vorläufig jedenfalls. Letztlich verdankt er alles diesen verdammten Gören Nina Rehm und Engelbert Conradi. Ja, die Namen wissen wir. Danny kennt die beiden aus der Schule. Sind wohl Tierschützer oder so. Aber die kriegen noch ihr Fett. Lämmel und Porczik – das sind die beiden, die Claus Bader vermöbelt haben – werden sich demnächst um sie kümmern. Aber es darf natürlich nicht wie Rache aussehen, weil der Verdacht dann gleich auf die Tschilkes fiele. Lämmel und Porczik werden wahrscheinlich einen Unfall arrangieren *(vorbereiten)*. Einzelheiten lassen wir uns noch einfallen."

„Gebt's Ihnen tüchtig. Sowas können wir uns nicht bieten lassen! Wäre ja noch schöner, wenn uns Jugendliche zur Schnecke machen. Aber wer hat denn nun Baders erpresserische Fotos und die Negative?"

„Die sind bei meinen Freunden Lämmel und Porczik. Und da sind sie sicher."

„Hm. Na gut. Das ist die eine Sache. Danny bleibt ja hoffentlich bei seiner Aussage, was das Rauschgift betrifft. Daß er's von einem Unbekannten hat. Und nicht von mir."

„Dabei bleibt er garantiert."

„Schön. Kann ich also in der Hinsicht beruhigt sein. Aber ich brauche Versuchstiere. Dringend. Ich muß die Aufträge meines Geldgebers erfüllen. Das darf sich nicht verzögern. Eine Versuchsreihe muß abgeschlossen werden. Dafür ist Nachschub erforderlich."

„Ich weiß", sagte sie kleinlaut. „Georg Tschilke weiß das ebenso. Schließlich sitzen wir alle in einem Boot: Sie, Herr Doktor, der Geldgeber, die Tschilkes, ich und das bewährte Team der Hundejäger. Und ich kann Ihnen versprechen: Es geht weiter. Aber, wie gesagt, nicht über Tschilke. Sondern über die Stadtadresse. Lämmel, Porczik, Edwin Herbst, Bruno Aspe und ich – wir werden alles tun, damit Sie Ihren Nachschub erhalten."

„Hoffentlich, schönes Kind. Ich habe noch nicht gefragt, wozu ich Sie einladen darf."

„Das nächste Mal gern, Herr Doktor. Heute muß ich leider zurück. Ich bin mit Lämmel und Porczik verabredet. Wir wollen strategisch vorgehen. Dafür haben Sie bestimmt am meisten Verständnis."

Mäuchler lachte herzlich und schenkte sich, wie man am Klirren hörte, Wein nach.

Verena verabschiedete sich.

Mit den Lippen an Toms Ohr hauchte Locke: „Dein Hirsch ist schnell genug. Du kannst ihrem Wagen folgen. Ich beobachte Mäuchler. Später treffen wir uns bei dir."

Er nickte. Sie warteten, bis Verenas Schritte sich entfernten. Locke linste um die Ecke und sah, wie die Frau durch den Eingang verschwand. Rasch verließen beide die Nische. Mäuchler bemerkte nichts.

Locke setzte sich an einen Tisch in der Nähe.

Tom küßte sie auf die Wange. „Also, bis später."

Er eilte hinaus.

Eine Bedienung kam zu Locke.

„Tut mir ja leid, Fräulein, daß Sie so lange warten müssen. Aber ich habe alle Hände voll zu tun. Ihr Freund ist wohl sauer, daß er nicht bedient wird."

„Nein, nein. Er wollte ohnehin nicht bleiben. Ich bekomme eine Portion Tee."

Ihr Platz war günstig gewählt. Sie konnte Mäuchlers Nische beobachten und auch durch die Fenster hinausblicken. Sie sah, wie Verena abfuhr. Einen Moment später setzte Tom sich auf ihre Spur – mit seinem Motorroller, aus dem er immerhin eine Höchstgeschwindigkeit von 78 std/km herausholte. Hoffentlich reichte das, um den Anschluß zu halten. Andererseits – bis zur Stadt bremste ein Halbdutzend Ampeln das zügige Vorwärtskommen. Falls Tom den Wagen verlor – bei den Ampeln konnte er ihn einholen.

Locke legte Strohhut und Tasche neben sich. Als sie aufblickte, kam Mäuchler aus seiner Nische.

Er hatte ein süffisantes *(selbstgefällig: von oben herab)* Gesicht. Seine Augen glitzerten. Im Mund schimmerten Goldkronen. Er schien sich für einen Frauentyp zu halten und kleidete sich affig: mit weißem Seidenhalstuch zum blauen Hemd. Er mochte Mitte Vierzig sein.

Interessiert sah er zu Locke her, blieb dann aber bei seinem Entschluß, zum Klo zu gehen.

Die Serviererin brachte Locke den Tee.

Ich kann's noch nicht fassen, dachte sie. Wer sich rührt, wird eben belohnt. Jetzt wissen wir's. Fast alles wissen wir. Nur weil wir im richtigen Moment am richtigen Ort waren. Naja, und ein bißchen Glück muß man haben. Lämmel und Porczik – so heißen die Schläger. Außerdem sind's Hundejäger – wie Aspe, Herbst und – diese Frau. Und Mäuchlers Bemerkung, daß Danny hoffentlich bei seiner Aussage bleibe, er habe das Rauschgift von einem Unbekannten – und nicht von ihm! – das heißt doch eindeutig: Er, Mäuchler, ist der Rauschgiftlieferant. Klar! Ein Dr. med. *(Arzt)* oder Dr. met.vet. *(Tierarzt)* – oder was auch immer er ist, dieser sadistische Strolch, so ein Dr. kommt natürlich ran an Chemikalien, zweifelhafte Medikamente, Drogen – und Rauschgift. Jetzt haben wir die Brechstange in der Hand. Damit können wir sie niederreißen, diese Mauer aus Gemeinheit, Niedertracht und Tierquälerei.

Ihre dunklen Augen blitzten und ihre Wangen glühten, während sie den – ungesüßten – Tee schon zum 50. Mal umrührte. Ihr Temperament brachte das Blut in Wallung, daß sich Leukozyten und Erythrozyten *(weiße und rote Blutkörperchen)* wie in einem Orkan fühlen mußten.

Während sie über alles nachdachte, wurde ihr Blick zum Eingang gelenkt.

Nanu! Die kenne ich doch.

Aber das war kein Grund, sich zu freuen.

Helmut und Klara Schmied – die Nachbarn des unleidlichen Oberst Alderich Finke – traten soeben ein: Schmied, Helmut – speckig und rosig, wie sie ihn kannte; Schmied, Klara – auch heute mit orangerotem Haar und üppiger Kriegsbemalung.

Sie trugen sportlichen Schick, passend zum Wetter und zu einem Wochenendausflug.

Viele Tische waren noch frei. Aber Schmied wandte sich mit fragender Miene an die Bedienung.

Die wies mit dem Daumen über die Schulter – etwa in Lockes Richtung, gab Auskunft und eilte dann, mit einem großen Tablett leerer Gläser, zur Schanktheke.

Die Blicke der Schmieds suchten und entdeckten Locke. Wie angeknipst strahlte Lächeln auf. Er sagte was zu ihr. Dann kamen beide heran.

Schmied streckte zur Begrüßung die Hand aus.

„Das Fräulein Nina! Grüß dich, Nina! Ganz allein?"

Er hielt ihre Hand zu lange fest. Sie zog sie zurück, nicht mit einem Ruck, aber merklich.

„Ich wollte eine Freundin besuchen", schwindelte sie. „Unangemeldet. Und jetzt ist niemand zu Hause."

„So geht's einem. Ist mir auch schon passiert", lärmte er. „Dürfen wir uns zu dir setzen? Das heißt, ich muß rasch mal wohin."

Er grinste, als erwarte er Beifall dafür, daß er mal mußte, schwenkte rechts und eilte zum Klo.

Klara setzte sich und ordnete ihre Füße. Sie trug Sandalen mit etwa zwölf Zentimeter hohen Absätzen.

„Schönes Wetter heute", sagte sie.

Locke nickte. „Fast so schön wie gestern. Vielleicht sogar noch schöner. Und morgen soll's auch schön werden."

„Aber irgendwann gibt's dann wieder Regen, und dann kommt man nicht raus."

Du bestimmt nicht! dachte Locke. Sonst würden die Modellkleider naß.

Klaras Gesprächsstoff war erschöpft. Sie lächelte nichtssagend in die Gegend. Locke trank ihren Tee.

In diesem Augenblick kam Mäuchler zurück.

Die Flasche auf seinem Tisch in der Nische war noch nicht leer. Aber sein Durst schien gestillt, oder der Wein schmeckte nicht; jedenfalls strebte Mäuchler im Wiegeschritt zur Bedienung und bezahlte.

Die schaute verwundert und sagte auch was. Mäuchler erwiderte knapp und mit Kopfschütteln. Dann verließ er die Waldschänke, die sich jetzt – es ging auf Mittag – mehr und mehr füllte.

„Man könnte hier gut essen, hörten wir", sagte Klara.

„Habe ich auch gehört", nickte Locke.

Klara winkte der Bedienung und ließ sich die Speisekarte bringen.

Schmied nahte. „Hab ich einen Hunger!" verkündete er strahlend. Vermutlich hatte er den immer. Er rieb sich die noch nicht ganz trockenen Hände. Am Ärmelaufschlag entdeckte er einen Fleck flüssiger Seife. Mit einem Zipfel der Tischdecke versuchte er, das in Ordnung zu bringen.

„Helmut!" tadelte seine Ehehälfte. Aber das hielt ihn nicht ab.

„Wir laden dich zum Essen ein, Nina", sagte er.

„Das ist sehr freundlich, Herr Schmied. Vielen Dank! Aber ich muß leider weg." Und um nicht unhöflich zu erscheinen, setzte sie hinzu: „Ein anderes Mal gern."

Klaras Miene drückte aus, sie hätte es ohnehin nicht gern gesehen, daß ihr Mann für diesen Teenager bezahlt.

„Ich nehme das Hirschsteak mit Waldpilzen." Sie klappte die Speisekarte zu. „Ob es zäh ist?"

„Kommt darauf an, wieviele Kilometer der Hirsch runter hatte", grinste ihr Mann. „Wir können ja mal fragen."

Als die Bedienung kam, bezahlte Locke ihren Tee.

Auch Schmied hatte sich für Hirschsteak entschieden.

Ja, es sei zart, bestätigte die Bedienung, fast schon butterweich. Sie sagte nicht, daß es auch von Zahnlosen bestellt werde.

Locke verabschiedete sich. Sie setzte ihren Hut auf, band ihn fest und schulterte die Tasche.

Als sie ortseinwärts rollerte, rief sie sich Mäuchlers Gesicht ins Gedächtnis.

Ja, dem war alles zuzutrauen. Folterung wehrloser Tiere.

Rauschgifthandel. Mitwisserschaft bei schwerer Körperverletzung – wie im Fall Claus Bader.

Ihr schauderte. Sie stellte sich vor, wie es ihr erginge, wenn sie in der Gewalt dieses Kerls wäre und er sie zu Versuchszwecken benutzte.

Sie erreichte die Kreuzung. Links ging es zur Stadt zurück, rechts zum Ortsende von Stepperheide, wo Mäuchlers Folterinstitut war und Hövens Häuschen.

Locke fuhr nach rechts. Sie hatte eine Idee.

★

Es war leichter geworden, als Tom erwartet hatte. Verene Paulsen fuhr gemächlich. Tom mußte nicht mal voll aufdrehen, um den weißen Kadett im Auge zu behalten.

Sie erreichten die Stadt, wo der Verkehr noch dichter wurde. Tom konnte aufrücken.

Verena fuhr am Mühlbach entlang, wo Einbahnstraße war, und bog dann in ein trostloses Wohnviertel. Hier färbte der Ruß die Hauswände, und der letzte Baum war schon vor Jahrzehnten verkümmert.

Sie parkte am Bordstein. Tom rollerte in einen Torweg und hielt. An der Mauer hing ein Schild: *Fahrräder abstellen – verboten* .

Gilt nicht für meinen ‚Hirsch', dachte er.

Als er um die Ecke lugte, betrat Verena ein mehrstöckiges Eckhaus.

Daß sie lange blieb, war nicht anzunehmen, hatte sie doch das Fahrerfenster offen gelassen.

Er wartete. Eine Katze kam durch den Torweg. Sie war weißbraun gestromt, ihr Schwanz buschig. Übers Genick zog sich eine oberflächliche Wunde – wie ein Riß. Mißtrauisch wurde Tom von der Mieze beäugt. Dann kam sie näher, strich schnurrend um seine Beine und ließ sich den Kopf kraulen.

„Na, Maunzerle“, redete er mit ihr. „Was hat dich denn verletzt? Sieht ja aus wie ein Streifschuß. Aber daß jemand auf Katzen schießt – das ist hoffentlich nur ein böses Gerücht.“

Sie schnupperte, verhielt dann, machte einen Buckel und lugte – wie er – um die Mauer.

Verena und zwei Männer kamen aus dem Haus.

Augenblicklich machte die Katze kehrt und sauste in den Hof zurück.

Tom kniff die Lider zusammen. Das also waren Lämmel und Porczik. Den geschniegelten Laffen mit dem Bärtchen sah er zum ersten Mal. Aber den verkommenen Kerl mit dem

Ledergesicht – den kannte er. Und wie er den kannte! Das war der Typ, den er durch den Professor-Adam-Park verfolgt hatte.

So sieht man sich wieder! dachte er. Hundejäger und Schläger! Aber das ist jetzt vorbei. Auf euch wartet der Knast.

Die drei stiegen ein. Tom ließ ihnen etwas Vorsprung, ehe er auf seinem ‚Hirsch' folgte.

Nach kurzer Fahrt hielt der Wagen vor einem italienischen Restaurant. *Franco* nannte es sich. Markisen überspannten den Eingang.

Hinter einer Hausecke verborgen, beobachtete Tom, wie die drei eintraten. Er konnte durch große Fenster hineinsehen. Ein Kellner in grüner Weste führte die Gäste zu einem Fenstertisch und teilte dann Speisekarten aus.

Wenn da einer aufsteht, dachte Tom, geht er höchstens zur Toilette. Ist kein Risiko, wenn ich sie für einen Moment aus den Augen lasse.

Auf dem Herweg war er an einem kleinen Postamt vorbeigekommen. Zwei Telefonzellen warteten dort auf Benutzer.

Tom wählte die Sammelnummer des Polizei-Präsidiums. Hatte Kommissar Lambert heute, am Wochenende, Dienst? Sicherlich nicht. Aber ein Stellvertreter tat's auch. Freilich – dem mußte Tom dann erst alles erklären.

Tom hatte Glück. Lambert sei in seinem Büro, hörte er vom Beamten in der Vermittlung. Dann kam die Verbindung zustande.

„Lambert."

„Hier ist Tom . . . eh . . . Engelbert Conradi. Herr Kommissar, wir haben sie. Das heißt, ich weiß, wo sie stecken. Die Verhaftung müssen Sie vornehmen."

„Du meinst die gesuchten Schläger?" fragte Lambert hellwach.

„Erstens sind's die Schläger, die den Claus Bader zugerichtet haben. Zweitens gehören sie zu den Hundejägern, diesen grausamen Tierschindern. Drittens haben wir – Locke und ich – einen Hinweis auf den Kerl, der Danny Tschilke das Rauschgift liefert. Soviel Abschaum wie da zusammenkommt – es kann einem schlecht werden."

„Mal langsam", sagte Lambert mit einer Portion Aufregung in der Stimme. „Willst du damit sagen . . ."

„Ich berichte mal kurz, was wir belauscht haben", unterbrach Tom ihn. „Soviel Zeit haben wir noch. Denn die drei – eine Frau gehört auch dazu – speisen jetzt erstmal, wie ich vermute: zuppa *(Suppe)*, pesce *(Fisch)*, carne *(Fleisch)* jede Menge pasta *(Teigwaren)*, dazu insalata *(Salat)* und zum Schluß Formaggio *(Käse)* oder gelato *(Eis)*. Capisco? *(Verstehen Sie?)*."

„Also sind sie in einem italienischen Lokal?" Lambert lachte.

„Si! *(Ja)*."

Dann berichtete Tom, was er und Locke in der Waldschänke belauscht hatten. Er nannte alle Namen und die Straße, wo das *Franco* war.

„Laß dich nicht sehen, bis wir kommen", sagte der Kommissar überflüssigerweise. „Ledergesicht könnte dich erkennen. Wir holen dich beim Postamt ab."

Tom verließ die Telefonzelle, lehnte sich an die Tür und blinzelte in die Sonne.

Der große Abwasch! dachte er. Schade, daß Locke nicht dabei ist! Ob sie noch in der ‚Waldschänke' sitzt oder schon zu mir fährt?

Aber er konnte sie herbestellen!

Er hatte noch Kleingeld, rief zu Hause an, erreichte Mit-Ha und hörte, nein Locke sei noch nicht da. Also trug er der rundlichen Küchenfee auf, Locke solle zum Restaurant *Franco* kommen. Er nannte die Adresse.

Dann fiel ihm ein, daß die Verhaftung vielleicht nur wenig Zeit in Anspruch nehmen würde.

„Falls ich dort nicht mehr bin", fuhr er fort, „soll sie zur Ekke Lagerhausstraße-Frühlingsweg kommen. Zum Eckhaus, klar?"

Mit-Ha wiederholte den Auftrag. „Da bist du dann also?"

„Ja, da sind wir . . . äh . . . ja, da bin ich."

Von der Polizei erwähnte er nichts. Dazu hätte er zuviel erklären müssen.

15. Im Vorzimmer zur Hölle

Sie kamen zu dritt, in zwei Fahrzeugen, die nicht wie Polizeiwagen aussahen. Lambert und seine beiden Kollegen waren in Zivil. Tom wurde vorgestellt.

„Lämmel und Porczik sind sicherlich Profis“, sagte der Kommissar. „Es könnte gefährlich werden. Das heißt, Tom, du bleibst draußen.“

Schweigend sah Tom ihn an.

„Also gut!“ seufzte Lambert. „Aber halt dich hinter mir.“

Tom grinste. Mit seinem Roller folgte er den Wagen.

Kurz vor dem *Franco* überholte er.

Als die Kriminalbeamten ausstiegen, hatte Tom seinen ‚Hirsch‘ schon geparkt und war eben im Begriff, das Restaurant zu betreten.

Die Ganoven aßen mit Hingabe, wie er sah. Ledergesicht hatte Tischmanieren wie im alten Rom. Jedenfalls beugte er sich über den Teller, als wollte er mit der Nase in Spaghetti und Tomatensoße wühlen.

Deshalb bemerkte er weder Tom noch sonstwen, hatte als Horizont nur den Tellerrand.

Tom trat ein, ging an dem Kellner vorbei und zu dem Fenstertisch. Ledergesicht drehte ihm den Rücken zu. Verena Paulsen, schräg gegenüber, blickte auf. Auch der Geschniegelte neben ihr hob den Kopf. Er hatte etwas Tomatensoße im Mundwinkel.

Tom hörte die Kriminaler hinter sich. Aber den Spaß wollte er sich gönnen. Er tippte Ledergesicht auf die Schulter.

Der Kerl wandte den Kopf. Von unten starrte er ihn an. Spaghettis hingen ihm aus dem Mund.

Den Grad der Verblüffung konnte Tom daran ablesen, wie die Spaghettis sich verlängerten. Langsam rutschten sie aus dem Mund. Es war kein schöner Anblick.

„Guten Appetit!“ sagte Tom. „Außerdem wollte ich ihnen sagen, daß es Claus Bader schon besser geht.“

Verenas Gesicht wurde kalkweiß. Dem Geschniegelten fiel die Gabel aus der Hand, Ledergesicht die pasta aus dem Mund – nun endgültig.

Lähmende Stille legte sich über den Tisch.

Tom spürte die Kriminalbeamten hinter sich. Lambert trat vor. Mit der linken Hand zeigte er seine Blechmarke.

„Kriminalpolizei! Wer von Ihnen heißt Lämmel, wer Porczik?"

„Ich bin Lämmel", stotterte Lämmel.

„Sie, Lämmel, Sie, Porczik, Sie, Verena Paulsen, sind festgenommen. Widerstand wäre zwecklos. Also seien Sie vernünftig. Lämmel und Porczik, Sie werden beschuldigt, den Schüler Claus Bader überfallen und lebensgefährlich verletzt zu haben. Außerdem . . . aber das erfahren Sie später. Sie, Verena Paulsen, sind Mitwisserin. Die Mahlzeit ist beendet. Stehen Sie auf!"

Vielleicht widersetzen sie sich, dachte Tom. Nur ein bißchen! Los, ihr Schweine! Nur ein bißchen, daß ich Grund habe, hinzulangen. Ihr Totschläger, ihr Hundejäger! Tut mir den Gefallen!

Sie taten es nicht. Sie konnten kaum aufstehen. Sie hatten blutleere Gesichter, und für einen Moment klapperten Lämmel die Zähne. Verena riß an ihren beringten Fingern, als wollte sie sich verstümmeln. Die Festnahme wirkte wie ein Schock.

Der Kellner lamentierte *(jammern)* wegen der Rechnung.

Lambert ließ zu, daß Lämmel die bereits servierten Gerichte bezahlte. Seine Finger zitterten, und er verzichtete aufs Wechselgeld.

Wegen Fluchtgefahr – man konnte ja nicht wissen – erhielten Lämmel und Porczik Handschellen. Bewaffnet waren sie nicht, wie die Durchsuchung ergab.

„Du fährst voran, Tom", sagte Lambert. „Zu dem Eckhaus, wo die Bagage *(Gesindel)* wohnt. Wir müssen die Wohnung durchsuchen. Wegen der Beweise. Ich meine die Erpresserfotos und die Negative."

„Gemacht!"

Bevor Tom abfuhr, spähte er umher. Kam irgendwo eine langhaarige Schöne mit Strohhut und Glutaugen auf ihrem Mofaroller daher? Leider war von Locke nichts zu sehen.

Sie fuhren zur Ecke Lagerhausstraße/Frühlingsweg.

Zähneknirschend gab Lämmel den Wohnungsschlüssel heraus.

Nachbarn und Passanten gafften, als die Übeltäter ins Haus geführt wurden.

Der Lift faßte nicht alle. Also stieg man die Treppe hinauf. Tom war dabei.

Die Lämmelsche Wohnung erwies sich als Saustall. Lambert forderte die drei auf, das Beweismaterial freiwillig herauszugeben. Aber jeder hatte auf stur geschaltet, blieb bokkig und halsstarrig, starrte nur zu Boden und schwieg.

Was für ein Fehler das war, erwies sich kurze Zeit später.

„Chef", rief einer der Beamten, „sehen Sie sich das an!" Er stellte eine Kiste auf den Tisch.

Tom sah das glänzende Metall zweier Pistolen. Der Beamte zog Stoffgebilde hervor: sackartige Kapuzen mit Sehschlitzen, dann unmodische Windjacken.

„So waren die beiden maskiert, die die Bankfiliale überfallen haben", sagte Lambert.

Alle sahen die Ganoven an.

Gleich erleben wir, wie die drei in Ohnmacht fallen, dachte Tom. Gleich machen sie schlapp. Könnte einem fast leid tun, wüßte ich nicht, was für Drecksvolk das ist.

Der dritte Beamte hatte einen zerkratzten Schreibtisch geöffnet.

„Und hier ist die Beute", verkündete er, wobei er Hunderter bündelweise schwenkte. „Noch banderoliert. Ja, es ist die fragliche Bank."

Verena begann zu lachen, kreischend, mit verzerrtem Mund.

„Und gleich werden Sie sagen, daß ich Komplicin bin", keuchte sie. „Komplicin beim Bankraub. Ich . . . ich arbeite nämlich dort als Kassiererin. Das . . . das hätten Sie ja sowieso festgestellt. Aber, ich schwöre, ich habe nichts damit zu tun."

„Natürlich nicht", sagte Lambert. „Sie sind die Unschuld

in Person. Sie wissen von nichts. Nichts vom Bankraub, nichts von dem Überfall auf Bader, nichts von dem Rauschgift, das Danny Tschilke bisweilen von einem gewissen Dr. Mäuchler erhält. Und mit den Hundejägern – um Gottes willen! – mit denen haben Sie gar nichts zu tun, nicht wahr?"

Schreck weitete ihre Augen. „Das . . . wissen Sie alles?"

„Alles, Aber das ist nicht mein Verdienst. Euch haben zwei Teenager zur Strecke gebracht, falls ich mal so sagen darf: Nina Rehm und Engelbert Conradi." Er wies auf Tom. „So, und jetzt können Sie aussagen. Geständnisse sind das einzige, was Ihnen dreien wenigstens einigermaßen noch hilft."

„Tut mir leid, Verena", murmelte Lämmel. „An das Zeug", mit dem Kinn deutete er zu der Kiste, „ hatte ich nicht mehr gedacht. Ich glaube, es ist aus. Sie haben uns am Wikkel."

Tom folgte einem Instinkt, trat zum Fenster und sah auf die Straße hinab.

Aus der Vogelperspektive *(Perspektive = Sicht, Ausblick)* sah er von Locke nur den großen Strohhut, ihre Hände, die den Roller aufbockten, die schlenkernde Umhängetasche und etwas Rocksaum.

Er riß das Fenster auf. „Hier sind wir, Locke! Dritter Stock, links."

Sie blickte heraus, winkte und lief zum Eingang

Tom erwartete sie an der Tür

„Der Kommissar und seine Kollegen haben die drei festgenommen. Und stell dir vor: Das sind außerdem Bankräuber."

Er erzählte, während Locke durch die geöffnete Tür in den Wohnraum sah. Sie erkannte Porczik, den Kerl, der sie vor dem Supermarkt bedroht hatte.

„Das ist das Ende der Hundejäger, Tom. Wir können uns gratulieren."

Sie gingen hinein.

Lambert sagte gerade: „Wenn Sie unsere Arbeit unterstützen, indem Sie ohne Vorbehalt auspacken, werde ich das vor Gericht vermerken. Sowas macht immer einen guten Eindruck. Also?"

Er begrüßte Locke.

Sie und Tom zogen sich in eine Ecke zurück. Aber natürlich durften sie bleiben. Und zuhören. Denn die Verbrecher hatten sich entschlossen, nur noch an sich selbst zu denken und ihren Vorteil zu wahren. Keine Rücksicht mehr auf Komplicen und Auftraggeber.

Sie gestanden den Bankraub, stellten aber richtig, daß Verena nicht daran beteiligt war. Sie gestanden den Überfall auf Claus Bader und zeigten, wo sich die Erpresserfotos samt Negativen befanden. Sie erklärten, daß Georg und Danny Tschilke die Auftraggeber waren. Und sie gaben zu, daß sie sich den Hundejägern angeschlossen hatten – bisher freilich ohne Erfolg.

„Außer euch gehören also nur die Tschilkes, Edwin Herbst und Bruno Aspe dazu?" vergewisserte sich Lambert.

Alle nickten. Verena sagte: „Der Alte hat keine Tiere gestohlen. Die Dreckarbeit überließ er anderen. Er hatte den Profit *(Gewinn)*."

Lämmel und Porczik wurden gefragt, was sie über Dr. Mäuchler wußten.

Sie wußten nichts, jedenfalls behaupteten sie das.

Verena räumte ein, sie hätte ihn heute kennengelernt. Ihr sei auch bekannt, daß er Danny Tschilke mit Rauschgift versorge, immer wenn der den Dealer spiele – aber sonst könnte sie nichts über ihn, Mäuchler, sagen.

„Das genügt auch", meinte Lambert zu Locke, Tom und seinen Kollegen. „Die Tschilkes lasse ich sofort verhaften. Diesmal entkommen sie nicht. Rauschgifthandel, fortgesetzter Tierdiebstahl und Anstiftung zu dem Überfall auf Claus Bader. Das wird teuer. Das geht nicht ohne Gefängnis ab –

und zwar für längere Zeit. Außerdem muß Georg Tschilke mit Berufsverbot rechnen."

„Ein Segen für die Tiere", rief Locke.

Die Beamten lächelten.

„Aber da wäre noch etwas", sagte Tom. „Es betrifft die Tierdiebstähle. In dem Zusammenhang ist von einer Stadtadresse die Rede. Offenbar einem Ausweichquartier für gestohlene Hunde und Katzen. Die sollen dort untergebracht werden, weil Tschilke sich beobachtet fühlt." Fragend sah er die Ganoven an. „Wo ist das?"

Lämmel und Porczik tauschten einen Blick und blieben stumm wie Fische.

Als Tom seine Frage wiederholte, zuckten sie die Achseln. „Keine Ahnung. Nie gehört."

Offensichtlich Lüge, dachte Locke. Die wollen nichts sagen. Alles andere haben sie zugegeben. Weshalb weigern sie sich jetzt? Aus Schikane bestimmt nicht. Aber wenn das zutrifft, was ich vorhin noch ermitteln konnte – dann verstehe ich die beiden. Sie haben Angst, einem einflußreichen Mann auf die Füße zu treten. Einem, der ihnen schaden kann, dessen Rache sie fürchten müssen. Aha!

„Und Sie?" fragte Tom. Das galt Verena.

Sie riß wieder an ihren Fingern, als müßten die unbedingt länger werden.

„Ich weiß nicht, woher du deine Weisheit hast, junger Mann. So eine Stadtadresse gibt es nicht. Wir hatten lediglich vor, ein Ausweichquartier zu schaffen. Aber dazu ist es nicht mehr gekommen."

Tom sah sie zweifelnd an. „Die Weisheit haben wir von Ihnen. Wortwörtlich haben Sie zu Mäuchler gesagt: *Ich verspreche Ihnen, es geht weiter. Aber nicht über Tschilke, sondern über die Stadtadresse*. Ich meine, das klingt eher so, als gäbe es die bereits."

Verena schüttelte den Kopf. „Diesmal seid ihr auf dem Holzweg."

Damit war dieses Thema für Lambert und seine Kollegen beendet.

Die Beweisstücke wurden sichergestellt – wie es im Kripo-Jargon *(Jargon = Sonderprache)* heißt. Man versiegelte die Wohnung. Nächstes Ziel war das Polizei-Präsidium, wo das Ganoven-Trio in Gewahrsam blieb.

Lambert erwirkte Haftbefehle gegen beide Tschilkes und deren Helfer Herbst und Aspe.

Zwei Streifenwagen fuhren nach Pesseldorf, um das Gesindel dingfest zu machen.

Lambert und seine Kollegen wollten nach Stepperheide, aber ohne Begleitung.

Locke stellte sich vor Lamberts Schreibtisch und stemmte die kleinen Fäuste in die Hüften. Temperament glühte in ihren Wangen, die Augen verschossen schwarze Blitze.

„Herr Kommissar, das können Sie uns nicht antun. Wir *müssen* mit! Auch wenn das gegen eine Dienstvorschrift verstößt. Dann ernennen Sie uns eben zu Hilfspolizisten – und schon stimmt's wieder. Ich erinnere ungern daran – aber ich glaube, *wir* haben das doch alles ins Rollen gebracht. Und ermittelt. Und Ihnen gemeldet. Wir *müssen* in dieses Folterinstitut hinein. Um zu sehen, wie es um die Tiere dort steht."

Dann beugte sie sich vor, senkte die Lider mit den langen Wimpern und hob sie so langsam, als müsse sie Lamberts Anblick in Zeitlupe genießen.

„Bitte, Herr Kommissar! Wir stören auch überhaupt nicht." Ihre Stimme klang wie von Honig umhüllt.

„Locke!" sagte Tom. „Du hast versprochen, deinen Zauber nur bei mir anzuwenden."

Lamberts Kollegen feixten, er selbst sah Locke schmunzelnd an.

„Sollte ich jemals eine Tochter bekommen, Locke, müßte sie wie du werden." Er seufzte. „Also, in Gottes Namen, kommt mit!"

★

Locke und Tom hatten ihre Motorroller beim Präsidium zurückgelassen und fuhren in einem der Wagen mit.

Der Nachmittag war heiß. Die Luft roch nach Gewitter, als sie in Stepperheide ankamen und vor Mäuchlers Tierversuchsanstalt hielten.

Lockes Herz klopfte bis zum Hals. Tom spürte, wie aufgeregt sie war. Er nahm ihre Hand und streichelte ihre Finger.

Alle stiegen aus. Einer der Beamten hatten geklingelt. Es dauerte eine Weile, bis Kobrutschik, der Hausmeister, die Pforte neben dem Tor öffnete.

Lambert wies sich aus. „Ist Dr. Mäuchler da?"

„Er schläft. Ich darf ihn nicht wecken. Worum geht's?"

„Sie werden ihn wecken", sagte Lambert. „Wir haben nämlich einen Haftbefehl. Außerdem wird das Haus durchsucht."

Der Mann war wie vom Donner gerührt. Dann gehorchte er schweigend, öffnete das Tor und sah zu, wie die beiden Wagen vor das Wohnhaus fuhren.

Kobrutschik mußte die Beamten führen. Locke und Tom schlossen sich an.

Mäuchler lag im Kaminzimmer auf einer Ledercouch und schnarchte. Auf dem Tisch stand eine Weinflasche, eine Literflasche. Leer.

Mäuchler fuhr hoch, als er von Kobrutschik an der Schulter gerüttelt wurde.

„Was ist los? Heh!" Er rieb sich die Augen und glotzte. „Wer sind die, Max? Was sollen die?"

„Kriminalpolizei!" sagte Lambert. „Sie sind verhaftet. Hier ist der Haftbefehl. Sie werden beschuldigt, Rauschgift zu vertreiben. Packen Sie ein paar Sachen zusammen, aber nur Gegenstände des täglichen Gebrauchs. Sie kommen in Untersuchungshaft. Wir sind berechtigt, Ihr Haus zu durchsuchen. Sie haben das Recht, dabei zu sein."

Mäuchlers Augen glitzerten. In einem Mundwinkel war Speichel getrocknet, sein Haar verschwitzt. Er riß den Mund

auf, als wollte er losbrüllen. Aber er rang nur nach Luft. Sein Blick huschte zu einem Eckschrank, einem antiquarischen Möbel in reicher Verzierung.

„Dort suchen wir zuerst", wies Lambert seine Kollegen an.

Mäuchler stampfte mit dem Fuß auf. Dann tat er etwas, das Locke und Tom nicht für möglich gehalten hätten.

Wütend stieß er sich die geballte Faust in den weit aufgerissenen Mund.

Locke hörte, wie ein Goldring gegen Goldkronen prallte.

Angewidert betrachtete sie den Kerl, bei dem jetzt irgendwas aushakte. Jedenfalls stieß er immer wieder die Faust gegen seine Zähne, biß gleichzeitig zu, als wären die Finger ihm lästig, und verdrehte die Augen.

Er bot den Anblick eines Verrückten.

Lambert blieb bei ihm stehen. Seine Kollegen filzten den Schrank. Sofort wurden sie fündig.

„Das sieht mir sehr nach Heroin aus."

Lamberts Kollege brachte einen kleinen Karton, in dem durchsichtige Plastikbeutel lagen. Sie enthielten weißliches Pulver. Er roch daran, prüfte, indem er es zwischen den Fingern rieb, und nickte.

„Ungefähr ein halbes Kilo. Er hat vorgesorgt, der Herr Doktor."

Mäuchler war auf die Couch zurückgesunken und knabberte an seiner Faust.

„Das wär's", sagte Lambert.

Locke zupfte ihn am Ärmel. „Sie wissen doch, weshalb wir mitgekommen sind!"

„Ach so! Natürlich!" Er wandte sich an den Hausmeister.

„Wir wollen die Versuchsanstalt sehen. Zuerst die Käfige, in denen die unverletzten Tiere sind. Ich meine die Tiere, mit denen noch kein Versuch durchgeführt ist."

„Da haben wir kein Stück. Nichts!" Kobrutschik schüttelte den häßlichen Schädel. „Wir warten ja dringend auf neues Material."

„Trotzdem! Wir sehen uns alles an."

Kobrutschik hatte nicht gelogen. Sämtliche Käfige, erbärmlich kleine Käfige, waren leer.

Enttäuschung malte sich auf Lockes Gesicht. Wieder vergeblich!

Kein Tier, das sie retten konnten. Waren alle schon tot, verbraucht, geopfert für sinnlose Versuche?

„Was ist dort?" fragte Lambert, der mitgekommen war. Er wies auf ein langgestrecktes Gebäude. Die wenigen Fenster waren schmal, die Scheiben undurchsichtig grau.

„Die Labors", antwortete Kobrutschik

„Wollt ihr euch dort umsehen?" fragte Lambert.

Locke nickte.

Der Hausmeister schloß auf und ging voran.

Locke, Tom und der Kommissar betraten das große Labor der Tierversuchsanstalt, eine Hexenküche, vielleicht auch das Vorzimmer zur Hölle, oder die Hölle selbst. Was sie sahen, war mehr als ein Mensch – der nicht abgestumpft oder sadistisch ist – ertragen kann.

Locke konnte nicht mehr sprechen. Ihr Herz schlug, als wollte es durch die Rippen entfliehen. Für einen Moment wurden ihre Knie so schwach, daß sie sich an Tom festhalten mußte.

Tom war totenbleich und spürte, wie ihm kalter Schweiß aus den Achseln floß.

Der Kommissar preßte sein Taschentuch vor den Mund. Ihm wurde übel. Er schloß die Augen. Aber – sagte er sich – ich darf nicht schlappmachen. Die beiden zwingen sich, das anzusehen, und sind bis auf den tiefsten Grund ihrer Seele erschüttert.

Die Luft roch nach Angst, nach Chemikalien, nach Folter und Tod.

Kaninchen, Meerschweinchen, Hamster, Ratten und Katzen – etwa 50 Tiere, insgesamt – waren in stählernen Gestellen festgeschnallt. Sie konnten sich nicht rühren, nicht lecken, nicht kratzen. Nur ihre Augen, in denen namenloses Entsetzen stand, zeigten noch Leben.

Offensichtlich wurden kosmetische Artikel untersucht: Handcremes, Gesichtswasser, Augenbrauenstifte, Lippenstifte, Gesichtscremes, Badezusätze, Seifen, Shampoos, Make ups, Haarfärbemittel, Wimperntusche, Puder, Sonnenschutzmittel und anderes.

Einem Teil der Tiere waren die Artikel gewaltsam in den Magen gefüllt worden. Die Schnauzen dieser Tiere waren in stählerne Spangen geschraubt und weit geöffnet. Sie röchelten. Einige verendeten bereits.

Anderen Tieren hatte man die Artikel in die Augen geträufelt. Um die Augen offen zu halten, waren auch dort stähler ne Haken und Klammern angebracht. Viele Augen gab es nicht mehr

Um die Hautverträglichkeit der Artikel zu testen, hatte man den restlichen Tieren die Haut geschoren und aufgeschnitten. Haut und Wunden hatte man eingerieben mit den zu prüfenden Substanzen*(Stoffen)*.

Zitternd ging Locke an den verstümmelten Geschöpfen vorbei. Was sie und Tom und der Kommissar sahen – nein, schlimmer konnte es auch in der Hölle nicht sein.

Locke weinte. Tränen liefen über ihr Gesicht. Sie wollte die Hand ausstrecken, dort ein Kaninchen streicheln, dort einen Hamster, dort ein Meerschweinchen, dort eine Katze.

Tom hielt sie zurück.

„Es hilft ihnen nicht“, flüsterte er. „Sie leben nicht mehr, aber sie sind noch nicht tot. Unsere Hilfe kann nur darin bestehen, daß wir sie von diesen Qualen befreien.“

Durch einen Schleier aus Tränen sah Locke ihren Freund an.

„Tom, ich bleibe hier. Ich setze mich auf den Boden und gehe erst weg, wenn ein Tierarzt hier ist und diese armseligen Geschöpfe einschläfert.“

„Ich bleibe auch“, sagte Tom. Er wandte sich um und sah in Lamberts bleiches Gesicht. „ Mäuchler ist ein Verbrecher und muß mit Gefängnis rechnen. Das heißt, die Versuchsanstalt besteht nicht mehr. Damit müßte es auch rechtlich möglich sein, die Tiere einzuschläfern. Oder?“

„Das ist mir völlig egal“, sagte Lambert. „Ich rufe sofort einen Tierarzt an. An den Kosten beteilige ich mich. Himmel, ich habe zwar einen Kanarienvogel zu Hause, aber ich kenne keinen Tierarzt.“

„Rufen Sie Dr. Helga Conradi an“, sagte Locke. „Toms Mutter ist Tierärztin. An der Rechnung brauchen Sie sich nicht zu beteiligen. Es wird keine geben.“

Kobrutschik hatte zugehört. Er grinste.

Tom ging auf ihn zu.

„Du hast jetzt noch drei Sekunden, um dein Grinsen einzustellen, du Dreckhaufen. Sonst – das schwöre ich – bleibt weniger von dir übrig als von diesen Tieren."

Der Kerl sah Tom an, sah in das blaue und das grüne Auge – und das Grinsen erlosch.

Sie verließen das Labor. Locke trocknete ihre Tränen. Lambert ließ sich von Tom die Telefonnummer geben.

Tom sagte: „Ich komme nicht mit rein. Wenn ich diesen Mäuchler sehe – ich weiß nicht, was dann passiert."

Helga Conradi wurde verständigt. Sie war zu Hause, hörte, worum es ging, sagte, sie käme sofort, und machte sich unverzüglich auf den Weg – mit jenem Mittel, das zur schmerzlosen Tötung gebraucht wird. Es dient Tierärzten, um Tiere einzuschläfern, deren Leben nur noch Qual wäre: alte Tiere, kranke Tiere, verletzte Tiere. Es ist ein Mittel, das völlig schmerzlos – und ohne daß das Tier etwas ahnt – vom Leben in den Tod überleitet.

An diesem Nachmittag befreite Helga Conradi die Versuchstiere von ihrer Qual. Als das geschehen war, fuhr sie mit Locke und Tom zur Stadt zurück.

Lambert und seine Kollegen waren bereits aufgebrochen. Sie hatten nicht nur Mäuchler mitgenommen, sondern auch den Hausmeister. Er sollte verhört werden. Vielleicht war er mitschuldig.

Als sie sich der Stadt näherten, sagte Locke: „Ich verstehe es nicht. Ich verstehe es nicht! Warum tun Menschen sowas? Warum tun sie Tieren das an? Wie wichtig ist denn Puder? Wie wichtig sind Lippenstifte? Müssen deshalb Millionen Tiere elend verrecken?"

„Sie müßten es nicht", sagte Helga. „Aber leider können sich die Hersteller von Kosmetikartikeln auf den Gesetzgeber berufen, wenn sie Mäuchler und Konsorten mit diesen grausigen Versuchen beauftragen. Denn der Gesetzgeber schreibt vor, daß chemische Substanzen, die in Kosmetika enthalten sind, auf ihre Unbedenklichkeit für den menschlichen Gebrauch geprüft werden müssen. Dazu gehören Konservierungs-, Farb- und Duftstoffe."

„Das heißt also", sagte Locke, „die Qualen der Tiere dienen der Eitelkeit der Menschen und den Geschäftsinteressen der Hersteller."

Helga nickte. „Hinzu kommt, daß die meisten Versuche völlig sinnlos sind – aus wissenschaftlicher Sicht. Denn die Erkenntnisse, die man aus Tierversuchen gewinnt, lassen sich nicht einfach auf den Menschen übertragen. Was ein Tier noch aushält, könnte einen Menschen bereits krank machen. Und umgekehrt. Im übrigen gibt es zahlreiche Kosmetikfirmen, die auf Tierversuche verzichten. Diese Firmen stellen natürliche Produkte her, die garantiert nicht schaden. Es gibt Listen, Locke, auf denen aufgeführt ist, welche Firmen Tierversuche machen und welche nicht. Jeder Tierschutzverein und die Arbeitsgruppe gegen Tierversuche stellt diese Listen zur Verfügung. Ich habe sie auch. Nachher gebe ich sie dir. Welche Produkte ich benutze – du kannst es dir denken."

„Wir müssen dafür sorgen", Locke ballte die Fäuste, „daß die Artikel der anderen Firmen boykottiert *(ausschließen, ächten)* werden. Ist das nicht eine Selbstverständlichkeit für jeden, der Tiere mag?"

16. Gesindel ohne Gewissen

Alpträume quälten Locke in dieser Nacht. Mehrmals wachte sie auf. Jedesmal sah sie nach ihrer Mausi.

Tom erging es nicht anders. Nicki wunderte sich, weil Tom dreimal in dieser Nacht zu ihm kam, sich an sein Lager kniete und ihn streichelte. Nicki bedankte sich, indem er ihm die Hände leckte und freundlich wedelte. Dann schlief er weiter.

Am nächsten Morgen – es war Sonntag – holte Tom seine Freundin ab. Gunter und auch Mike schliefen noch. Locke sah etwas blaß aus, hatte aber ihre Fröhlichkeit wiedergewonnen.

„Ich war gestern völlig kaputt, Tom. Deshalb konnte ich's dir nicht mehr erzählen. Ich habe nämlich was ermittelt. Es betrifft diese sogenannte Stadtadresse, von der Lämmel, Porczik und die Verena Paulsen angeblich nichts wissen."

„Nämlich?" fragte er gespannt.

„Ich schildere mal, was sich abgespielt hat. Du ziehst dann sicherlich dieselben Schlüsse. Also: Kaum bist du aus der ‚Waldschänke' weg, tauchen – du rätst es nicht – die lieben Schmieds auf: Klara und Helmut. Sie kommen rein, wenden sich gleich an die Serviererin, fragen. Offensichtlich suchen sie jemanden. Nach einem Platz fragen sie bestimmt nicht, denn der ist in Hülle und Fülle vorhanden. Die Serviererin weist hinter sich – so etwa in meine Richtung. Dort sitzt aber – außer mir – nur noch Mäuchler. Das heißt, er hat dort gesessen. Denn momentan befindet er sich auf dem Klo. Die Schmieds entdecken mich, kommen sofort auf mich zu, sondern ihr schleimiges Gerede ab – und während Klara sich zu mir setzt, verschwindet Helmut zum – Klo. Klara unterhält mich. Vielmehr: Sie ödet mich an. Dann erscheint Mäuchler. Aber er geht nicht zum Platz zurück, sondern zahlt und verkrümelt sich. Die Serviererin – das habe ich bemerkt – schaut verwundert. Weshalb wohl?"

„Weil die Schmieds vorher nach ihm gefragt haben."

„Genau. Aber jetzt verduftet er, ohne von Klara Notiz zu nehmen. Denn natürlich hat Helmut auf dem Klo mit ihm geredet. Daraus folgere ich . . ."

„. . . Schmieds wollen vermeiden, daß du sie mit Mäuchler zusammen siehst. Weil sie wissen, daß du nach gestohlenen Tieren suchst, daß wir die Hundejäger aufspüren wollen – was uns ja, dem Himmel sei Dank! inzwischen gelungen ist."

„Perfekte Logik!" lobte Locke.

„Aber dünnes Eis. Viel Vermutung. Wenig Beweise."

„Du sagst es. Was tue ich? Ich rollere zu Herrn Hüven, den Mäuchlerschen Nachbarn. Der sieht und hört alles – und das nicht nur, weil er freier Mitarbeiter beim Tagblatt ist. Ich beschreibe ihm, wie die Schmieds aussehen, und er erkennt sie sofort. Mindestens ein Dutzendmal, sagt er, sind die schon bei Mäuchler gewesen. Aber nicht als irgendwelche Besucher, Freunde, Bekannte – sondern als Lieferanten. Sie kamen nämlich jedes Mal mit einem geschlossenen Kastenwagen."

„Mich haut's um." Tom fuhr sich mit beiden Händen durchs Haar. „Du meinst, sie haben ihm gestohlene Tiere gebracht?"

„Was sonst? Kohlköpfe oder Altpapier? Denk doch mal an die Schmiedsche Villa! An das riesige Grundstück. An die Distanz zum Nachbarn. An die verschwiegene Einfahrt. An die unterkellerte Terrasse, wo man hundert Tiere einsperren könnte. Ich wette, Helmut und Klara Schmied – das ist die besagte Stadtadresse."

Tom prüfte die Vermutung von allen Seiten, nickte dann und begann, mit dem Daumennagel gegen seine Zähne zu klopfen.

„Hm. Ja. Aber der Verdacht reicht nicht, um dort Haussuchung zu machen. Da spielt die Polizei nicht mit."

„Nein, da spielt sie nicht mit. Daß die Schmieds reich sind

– enorm reich, liegt auf der Hand. Wo viel Geld ist, ist auch viel Einfluß. Schmied kann sicherlich Himmel und Hölle in Bewegung setzen, wenn jemand ihm in die Quere kommt. Auf sein ewiges Grinsen gebe ich nichts. Das ist so falsch wie ein 70-Mark-Schein. Jedenfalls ist mir klar, warum Lämmel, Porczik und die Paulsen angeblich nichts wußten – von der Stadtadresse. Ganz bestimmt wußten sie nämlich, daß Schmied ihnen erheblich schaden kann, wenn sie ihn verraten. Selbst jetzt kann er das noch. Weiß man denn, wie seine Verbindungen sind – zu Rechtsanwälten, Staatsanwälten und Richtern? Stimmst du mit mir überein?"

„Völlig. Locke, wir müssen uns jetzt erkundigen, wer dieser Helmut Schmied eigentlich ist?"

Sie lächelte. „Das ist schon geschehen. Ich hatte so eine Ahnung, Tom. Deshalb habe ich das Material durchgewühlt, das mein Papi verwendet hat – für seine Artikel gegen Tierquälerei, gegen Tierversuche, gegen Kälbermast und Batteriehühner. Dabei bin ich auf – noch unveröffentlichte – Unterlagen gestoßen. Sie betreffen skrupellose, verbrecherische Geschäftemacher. Gesindel ohne Gewissen. Verdacht besteht, daß sie Unrecht tun. Aber es fehlen die Beweise. Einer von ihnen ist unser geschätzter Helmut Schmied. Und nun rate mal, womit der sein Geld verdient!"

„Wenn du jetzt sagst, er ist Hersteller von kosmetischen Artikeln – dann haut's mich wirklich um."

„Hoffentlich fällst du weich."

„Wirklich?"

„Ihm gehört eine Fabrik. Und die – es ist fast zum Lachen – steht auch auf der Liste, die Helga mir gestern gegeben hat. Schmied führt die Reihe jener Firmen an, die ihren kosmetischen Dreck an unschuldigen Tieren erproben. Wie, das wissen wir jetzt."

Tom rieb die verhornten Stellen an seinen Karate-Fäusten „Dann ist er der – gestern ebenfalls erwähnte – Geldgeber. Und Mäuchlers Auftraggeber."

„Und er, Schmied, macht sich einen Jux daraus, Versuchstiere zu beschaffen. Kaufen könnte er sie ja auch. Nein, sie werden gestohlen. Für Schmied ist das ein Sport. Vielleicht denken diese Reichen, sie seien unverwundbar."

„Es wäre nicht das erste Mal. Wie gehen wir vor?"

„Denk an unsere Nacht-und-Nebel-Aktion, Tom. Bei Tschilke war's nicht mehr nötig. Bei Mäuchler lief es anders. Jetzt nehmen wir die Schmieds auf's Korn. Ich bin überzeugt, daß sie von den Verhaftungen noch nichts wissen. Frühstens in der Montagszeitung lesen sie davon. Von Verena Paulsen wissen wir, daß sie mal diesen, mal jenen Typ als Hundejäger angeworben hat. Warum nicht einen, den Schmied noch nicht kennt: einen neuen. Dieser Neue ruft Schmied heute abend an, beruft sich auf die Paulsen, weiß über alles Bescheid und sagt, daß er einen prächtigen Hund gefangen hat, den er jetzt bringen will."

„Gute Idee! Vielleicht gelingt es. Einen Versuch ist es jedenfalls wert. Aber Schmied kennt unsere Stimmen."

„Aber nicht die von Mike."

Tom pfiff durch die Zähne. „Und? Nehmen wir an, Schmied willigt ein. Und Mike soll den Hund bringen. Was dann?"

„Dann geht Mike hin."

„Mit leeren Händen?"

„Nein, mit Nicki."

★

Gegen Abend fiel leichter Regen. Der Boden lechzte danach. Es dunkelte früher als sonst.

Ein geschlossener Lieferwagen, der einem Auto-Vertrieb gehörte, hielt vor einer Telefonzelle in der Hindenburg-Straße. Locke, Mike und Tom stiegen aus. Nicki, der seit zehn Minuten im Laderaum tobte, mußte dort bleiben.

Zu dritt zwängten sie sich in die Telefonzelle. Mike wählte Schmieds Nummer. Endlich meldete er sich.

„Schmied."

„Ich bin's. Hellbrich! Otto Hellbrich."

Mike gab seiner Stimme einen verschwörerischen Klang.

„Ja, und?"

„Ich habe einen."

„Wovon reden Sie, Mann! Ich kenne Sie nicht."

Mike schwieg einen Moment, als müßte er das erst verdauen.

„Ja, hat ihnen denn Verena Paulsen nicht gesagt, daß ich jetzt dabei bin? Ich will mir ein paar Mark verdienen und habe einen prächtigen Hund erwischt. Erst wollte ich ihn zu Tschilke bringen. Aber Verena sagte, das ginge zur Zeit nicht. Zu Ihnen soll ich ihn bringen, zur Stadtadresse."

„Ach, so ist das." Schmied lachte fettig. „Dann bringen Sie ihn her, Hellbrich. Haben Sie ein Fahrzeug?"

„Klar."

„Sie dürfen nicht gesehen werden. Kommen Sie durch die Einfahrt. Fahren Sie bis ans Haus! Wie lange brauchen Sie?"

„In zehn Minuten bin ich bei Ihnen." Mike legte auf.

Toms Faust schlug dröhnend gegen die Stahleinfassung der Wand. Die Telefonzelle wackelte.

Locke preßte die Hände aneinander. „Es hat geklappt. Er ist es. Tom, Mike, wir sind am Ziel."

„Noch nicht ganz." Mike lächelte.

Laternen erleuchteten die Villenstraße. Aber in den Parks war rabenschwarze Nacht. Bei Finkes brannte Licht.

Daß auch einige Fenster der Schmiedschen Villa erleuchtet waren, sahen die drei erst, als der Lieferwagen die Auffahrt hinauf rollte.

Locke und Tom saßen hinten und spielten mit Nicki. Mike hielt vor der Villa. Über der Eingangstür flammte Licht auf. Schmied trat heraus. Grinsend kam er zum Wagen.

Mike stieg aus und wurde mit Handschlag begrüßt.

„Sie haben den Köter im Laderaum?" erkundigte sich Schmied.

„Habe ich. Aber treten Sie beiseite. Der Hund ist nicht ungefährlich. An mich hat er sich schon gewöhnt. Eine Wurst hat unsere Freundschaft besiegelt. Aber ich weiß nicht, wie er bei Ihnen reagiert."

„Wenn er erstmal in meinem Keller ist, wird er schon merken, was Kuschen heißt. Holen Sie ihn!"

Mike ging nach hinten und öffnete die Tür. Nicki sprang ihm freudig entgegen. An der Leine führte Mike ihn zum Eingang. Bei Schmieds Anblick knurrte Nicki verhalten.

Der Kosmetikhersteller wich eilig in seine Villa zurück.

„Jetzt!" flüsterte Tom.

Locke und er stiegen aus. Sie liefen zum Eingang. Aber Schmied hatte die Tür geschlossen.

„Macht nichts!" flüsterte Tom.

Sie warteten eine reichliche Minute. Dann preßte Tom den Daumen auf die Klingel.

Locke hörte stökelnde Schritte hinter der Tür.

„Wer ist da?" fragte Klara.

„Polizei!" behauptete Tom – mit dumpfer, verstellter Stimme. „Aufmachen! Sofort!"

Als Klara spaltweit öffnete, drückte er die Tür mit einem Ruck auf.

„Das ist Hausfriedensbruch. Ich weiß, verehrte Frau Schmied. Aber immer noch besser als ein Knochenbruch." Er schob sie zur Seite. „Wo geht's in den Keller?"

Die Frau war kalkweiß geworden. Ihre Zähne stießen aufeinander. Entsetzt starrte sie die beiden an.

Eine Antwort war nicht nötig. Die erleuchtete Kellertreppe wies den Weg. Locke und Tom liefen die Stufen hinab.

Ein langer Gang zog sich nach hinten. Hinter der Biegung hörten sie Stimmen. Eine Stahlblechtür stand offen. Sie führte in den weitläufigen Raum unter der Terrasse.

Schmied sagte gerade: „Und den Kadaver da können Sie mitnehmen. Bezahle ich Ihnen extra, Hellbrich. Ich mußte es totschlagen, das Vieh. War ein Dalmatiner-Bullterrier-

Mischling und erst halbjährig, aber nicht zu bändigen. Den habe ich so leise getötet", er lachte, „nicht mal meine Frau hat's gemerkt."

Eros! dachte Locke. Senta Lehmanns Hund! O Gott! Sie hat so an ihrem Eros gehangen.

„Und der dort", sagte Mike. „Der ist ja noch recht munter. Sieht fast aus wie ein Füchschen."

Schmied schien sich auszuschütten vor Lachen. „Das ist Othello. Gehörte unserem verkalkten Nachbarn. Den Köter habe ich selbst beschafft. Ein Witz, was? Weil mich das Vieh kennt, ist es treu und brav mitgekommen."

Tom nahm Locke bei der Hand. Sie traten durch die Tür.

Das Gewölbe hatte dicke Mauern. Ein Dutzend käfigartige Verschläge waren abgeteilt. Bis auf zwei waren alle leer. In einem lag der tote Eros. Das Blut an seinem Schädel war verkrustet und dunkel. In einem anderen Verschlag stand Othello, Nicki beschnupperte ihn durchs Gitter, wedelte und leckte ihm freundlich die Schnauze.

Schmied stand mit dem Rücken zur Tür und merkte nichts von den beiden.

Als Tom ihm die Hand auf die Schulter legte, fuhr er herum.

Das Grinsen fiel aus seinem Gesicht. Fassungslos glotzte er die beiden an.

„Sie fettes, widerwärtiges Schwein!" sagte Locke. „Sie Hundejäger, Dieb, Tiermörder! Und es macht Ihnen noch Spaß, wie? Und Sie verdienen viel Geld an Ihrem kosmetischen Dreck? Hoffentlich werden Sie hart bestraft!"

Dann spuckte sie ihm ins Gesicht.

Der Schock für den Kerl war zu groß. Er hatte sich nicht mehr in der Gewalt. Seine Sicherungen brannten durch. Und er wußte vermutlich nicht, was er tat, als er sich mit einem Wutschrei auf Locke stürzte. Vielleicht, um sie beiseite zu stoßen und zu flüchten. Vielleicht auch, um sie mit seinen kralligen Händen zu packen.

Jedenfalls – Tom riskierte nichts. Er seufzte zufrieden, denn es war eine vorschriftsmäßige Notwehrsituation, die Schmied jetzt herbeiführte.

Tom schlug zu.

Dann packte er den Kerl bei den Füßen und schleifte ihn in einen der Verschläge.

Nicki sprang aufgeregt hin und her. Othello hatte den Kopf schief gelegt und winselte leise.

Mike wies auf Schmied. „Braucht er ärztliche Hilfe?"

Tom grinste. „Das soll Klara entscheiden. Sie kann sich um ihn kümmern."

★

Diese Sonntagnacht war das Ende der Hundejäger und ihrer Hintermänner. Die Polizei schaltete sich ein. Schmied war noch nicht vernehmungsfähig. Aber Klara, der die Nerven versagten, ließ sich nicht lange bitten. Sie sagte aus. Ihr Geständnis belastete Schmied schwer. Die Mittäterschaft an fast 100 Tierdiebstählen konnte ihm nachgewiesen werden. Jetzt half auch sein Geld nicht mehr. Er erhielt eine Gefängnisstrafe, die angemessen war. Und der Absatz seiner kosmetischen Artikel ging erheblich zurück. Der Zusammenbruch der Firma war abzusehen.

Auch die anderen Verbrecher wurden zu beträchtlichen Strafen verurteilt: Mäuchler, der alte Tschilke, Lämmel und Porczik.

Herbst, Aspe und Verena Paulsen kamen etwas glimpflicher davon. Auch bei Danny Tschilke ließ man Milde walten – wegen seiner Jugend. Freilich – das Gefängnis blieb ihm nicht erspart.

Kobrutschik konnte nichts nachgewiesen werden. Claus Bader wurde wieder völlig gesund, aber er verließ die Schule. Vermutlich schämte er sich – wegen seiner versuchten Erpressung.

Gunter Rehm und Helga Conradi erfuhren erst im Nachhinein, mit welchem Eifer ihre Kinder sich eingesetzt hatten – und noch einsetzten: für das Wohl der Tiere, für ihr Recht auf ein Leben ohne Qual.

Gunter Rehm sorgte dafür, daß im *Tagblatt* ausführlich berichtet wurde: über das, was Locke und Tom erreicht hatten, und über das Anliegen aller engagierten Tierfreunde.

Eines Abends, als sich alle Rehms – einschließlich der Oma – und alle Conradis bei einem tollen, von Mit-Ha bereiteten Essen versammelten, konnte Locke stolz mitteilen: „Heute haben Tom und ich in der Schule den JsT gegründet. Das bedeutet: Jugendliche schützen Tiere. Wir verstehen uns als Jugendgruppe, die sich für den Tierschutz einsetzt und mit aller Kraft gegen Tierversuche vorgeht. Wir sind bereits – hört und staunt! – 79 Mitglieder. Ernstzunehmende Mitglieder, die nicht nur reden, sondern auch handeln werden. Ich finde, das ist ein guter Anfang. Wenn wir mehr werden und immer mehr werden, gibt es wieder Hoffnung – für die Tiere, für unsere Schöpfungskameraden."

– ENDE –

Liebe Locke-und-Tom-Freunde!

Ganz schön aufregend, was die beiden erleben, nicht wahr?! Wenn es darum geht, anderen zu helfen, greifen Locke und Tom ein – koste es, was es wolle. Denn Locke ist schon ein tolles Mädchen, und Tom ein prima Kumpel, mit dem man Pferde stehlen kann. Es vergeht kaum ein Tag, an dem bei Tom nicht das Telefon klingelt: „Hallo Tom, hier Locke . . .!" Und was bei diesen Telefonaten ausgeheckt wird, erfahrt Ihr in den spannenden „Locke-und-Tom-Büchern", von denen es noch mehr gibt. Stefan Wolf hat sie geschrieben, den Ihr sicher schon als Autor der TKKG-Bücher kennt, auch einer erregenden PELIKAN-Serie. Gewiß interessieren Euch die anderen „Locke-und-Tom-Bücher" ebenso – mit den vielen lustigen Zeichnungen Eurer Lieblinge! Hier sind sie:

Terror durch den heißen Draht
Eine unbekannte Mafia terrorisiert die Stadt. Angesehene Bürger, die jeder kennt, aber auch irgendwelche Nachbarn von nebenan werden nachts angerufen, bedroht oder zu erfundenen Terminen bestellt, wo Gangster sie hinterrücks überfallen. Was wollen die Verbrecher mit ihren „Todesfallen" erreichen? Warum jagen sie einer ganzen Stadt Angst ein? Terrorisieren harmlose Menschen durch den heißen Draht? Die Polizei blickt nicht durch. Locke und Tom wollen helfen, denn auch viele ihrer Freunde sind bedroht. Wieder einmal setzen sie sich den gefährlichsten Abenteuern aus, um rücksichtslosen Gaunern das Handwerk zu legen.

Giftalarm am Rosenweg
Beim Spielen am Rosenweg entdecken Kinder buntbemalte Fässer. Weil die Schrift schon unleserlich geworden ist, ahnen sie nicht, daß sie Gift vor sich haben. Die Folge: schleichende Verletzungen und rätselhafte Erkrankungen. Aber die Kinder schweigen, weil sie Angst vor Strafe haben. Ein Rätselraten beginnt – bis die Polizei endlich die Fässer findet und Giftalarm gibt. Noch aber weiß man nicht, wer der verantwortungslose Täter war. Wer hat die Fässer mit dem hochgiftigen Gift leichtfertig vergraben und damit Tausende Menschen in Lebensgefahr gebracht? Locke und Tom finden eine überraschende Lösung . . .